JN055713

魔物をお手入れしたら
③
懐かれました
もふプニ大好き
異世界スローライフ
羽智遊紀
UCHI YUKI
ILL. なたーしゃ

クリン
魔王四天王の一人で
「水」を司っている。おっとりした
性格（?）の天然キャラ。
カウィン
魔王四天王の一人で
「風」を司っている。
魔王軍きっての武闘派。
スラちゃん1号
和也のことが大好きなスライム。
炊事洗濯からバトルまで、
なんでもこなす。

フェイ
魔王四天王の一人で「火」を司っている。
魔王とは幼馴染の友達。
目下婚活中。
和也
生き物が大好きな青年。
手にした特殊能力
「万能グルーミング」で
異世界中の魔物を手なづける。
マリエール
魔王。歴代最強と
言われる実力を持つ。

魔王城に招待された、もふもふプニプニ大好き青年・和也。

魔王領の砦を訪れ、そこを治める狼族の司令官と犬狼族の副官との結婚式をなぜかプロデュースした彼は、スラちゃん1号、「無の森」の魔物達、新たに仲間になった馬の神獣スレイプニルのホウちゃん、リザードマン、蜂の魔物のキラービー、砦のそのほかの魔族達とともに――寄り道ばかりしていた。

いっこうに魔王城に向かう気のない和也を魔王マリエールが見たら――

「なにしているの!? こっちはずっと待っているのよ!」

と叫んだであろうが、幸いなことに和也が魔王城に向かう用事があるのを知る魔王領関係者は、この場にほとんどいなかった。

砦の司令官と副官は知っていたものの、二人は幸せオーラ全開で砦のほかの者にそのことを伝えていない。

ちなみに、副官の一族である犬狼族達は和也のグルーミングの虜になり、和也が旅立たないことをむしろ喜んでいた。

そんなふうにしてみんなが幸せに満ち溢れ、和也と無の森の魔物達はさらなる混乱の渦を生みだしていくのだった。

1．あれ、まだ出発してないの？

「ふはははは－。待てー逃がさないぞー」

「はっはっは。犬狼族の長老たる者がそう簡単に捕まるとでも？　甘いですぞ。それでは犬狼族の名が泣きますからな」

砦の牧場で、和也と犬狼族の長老が追いかけっこしている。

相変わらず「え、なにやってんの？　まだ魔王城に向かわないの？」とツッコミを入れたくなる状況である。

走り回る和也達から少し離れた場所では、スラちゃん1号が微笑みを浮かべながら、朝食の準備をしていた。

和也達がなぜこの砦にまだいるのかというと――犬狼族にお願いしていた山牛が来るのを待って

いるのである。和也はその山牛の乳でプリンを作ろうとしていたはずだったが、そのことはすっかり忘れていた。

和也が長老を捕まえると、長老は嬉しそうに言う。

「わふー。捕まりましたなー。逃げも隠れもしませんぞ。思う存分してくだされ！」

「ふはははー。我に挑むとは千年早かったなー！　我が腕に抱かれ、眠るがよいぞー。いでよ！万能グルーミング！　我が力を思う存分味わえー」

和也はそう言ってブラシと霧吹きを作りだし、長老の全身をくまなくお手入れしていく。

長老は、和也のブラッシングに身を委ね、しばらくすると寝息を立てはじめる。

「今回も俺の勝ちだね。それにしても長老さんのお髭って気持ちいいよねー。触っても飽きないし、サラサラだし、気持ちいいし！　長老さんが気持ちよさそうに寝ているのを見ていたら——ふわぁぁぁ、俺も眠くなってきたなー。ちょっとだけ眠ろうか……な……」

和也は大きくあくびをすると、そのまますぐに長老につられて眠ってしまった。そこへスラちゃん1号がやって来る。

触手の動きだけで意思を示せるスラちゃん1号は「あらあら、和也様ったら。こんなところでお休みになるなんてお可愛いこと」と表現するように触手を動かした。

続けて、「犬狼族の長老さんは起きてくださいね。このままだったらほかの者達に恨まれますよ」と、犬狼族の長老を優しく起こす。

「……ん？　んあ⁉　し、失礼しました、スラちゃん1号様。和也様のグルーミングは心地よすぎて、年寄りには耐えられないようですな。ほっほっほ」

長老はそう言うと、頭をガシガシと掻いて苦笑を浮かべた。

それから、長老は和也を起こさないようにゆっくりと立ち上がり——遠くでイーちゃん達犬獣人が羨ましそうに見ているのに気づいた。

犬狼族の長老は急いでイーちゃん達のもとへ走り寄り、申し訳なさそうに頭を下げる。

「ハイドッグス一族の皆様を差し置いて、私一人だけ申し訳ございません。しかし、和也様からご指名をいただいておりますのでしばらくご辛抱ください。それに、もうすぐ山牛もやって来ましょう。そうなれば和也様も旅立たれ——え？」

「きゃうきゃう！　きゃうぅぅ！」

長老の謝罪に、イーちゃん達は「気にしないで」と尻尾を振る。

犬獣人はハイドッグスとも呼ばれ、長老達の犬狼族の遠い親戚に当たる。もともと犬狼族は無の森に暮らしていたが、魔王領に移り棲んだのだ。

なお、ハイドッグス一族と犬狼族の見た目は似ているが、その体毛の質は微妙に違う。ハイドッグス一族はふわふわした感じだが、犬狼族は硬めであった。

「イーちゃん殿は心が広い方ですな。我が犬狼族は、和也様だけでなくイーちゃん様率いるハイドッグス一族にも従いますぞ」

感激した犬狼族の長老はそう言うと、腹を見せて寝転がり、臣従の意思を示した。

それを見たイーちゃんは楽しそうに鳴いて、一緒にお腹を見せて転げ回る。

二人の様子を遠巻きに見ていたハイドッグス一族と犬狼族が集まってくる。彼らは皆腹を見せて転がり、そこにネーちゃん率いる猫獣人も参加し……

「ふわぁぁぁぁ。よく寝たなー。え？　なに、この光景？」

和也が目をこすりながら起きると、そこには桃源郷があった。

右を見ても左を見てもモフモフで溢れており、すべての者が楽しそうに転げ回っている。

和也が目覚めたことに気づいたモフモフ達が、歓声を上げていっせいに近寄ってくる。和也は、飛びかかってきたイーちゃんを捕まえると高らかに言う。

「ふぉぉぉぉぉ！　なにこれ？　わっぷ！　ちょっ！　舐めないでよー。わ、こら。だめだって。そんな悪い子達はお仕置きするぞー。いでよ！　万能グルーミング！　まずは誰からだー。捕まえたー。イーちゃんからだぞー」

「きゃふー。きゃうきゃう！」

高速グルーミングでイーちゃんを一瞬でつやつやにした和也は、次にネーちゃんを捕獲した。

「今度の悪い子はネーちゃんかー。ほかにも俺に挑もうとする者達には……秘技！　高速グルーミング乱舞！」

和也は謎の技名を叫びながら勢いよく走りだし、捕まえた者を慣れた手つきで次々とグルーミングしていく。

こうして、犬獣人、猫獣人、犬狼族と総勢百匹近くを捕まえた和也は、幸せな時間を存分に満喫したのだった。

2．そして山牛が到着してしまう

「おほほほほほー。今日も元気にグルーミング日和ですわよー。逃がさないでございますわー」

「きゃふふふふー」

「にゃぁぁ！」

「きしゃー」

いつの間にやら牧場は、砦の魔物やイーちゃんやネーちゃんやリザードマン達を、和也が追いかけ回す場と化していた。

なぜかお嬢様言葉の和也はさておき——

砦の司令官が、そんな光景を羨ましそうに見ている。

「くっ！　俺がグルーミングしてもらえる順番は明日か」

「はいはい。明日まではしっかり仕事してくださいね、司令官」

うなだれる司令官を、副官が慰(なぐさ)めるのだった。


和也達が遊んでいる間、じつは狩りに行っていたホウちゃんとちびスラちゃんが戻ってきた。ホウちゃん達が、狩りの成果をドヤ顔で報告をしてくる。

「ひひーん」

「ん？　おお！　ホウちゃんとちびスラちゃんでお肉を獲ってきてくれたの？　最高だよ！」

解体が済んだ状態のお肉が和也に次々と手渡されていく。

ちびスラちゃんの説明では、そのお肉はイノシシに似た魔獣(まじゅう)のもので、散歩中に群れで襲ってきたらしい。それで、イラッとしたホウちゃんがすべて倒したとのことだった。

「すごいね！　今日はホウちゃんとちびスラちゃん祭りだね！　いでよ！　万能グルーミング！

流れるような動きでご褒美(ほうび)グルーミングでございますわー！」

「ひひっ！　ひひーん」

　和也はブラシを作りだし、絶妙な力加減でホウちゃんのブラッシングをはじめる。

　スラちゃん1号が作ってくれたマッサージクリームを、毛に沿って円を描くように塗りつけ、さらに流れるような動きでブラッシングしていく。

「ふはははー。気持ちいいじゃろ！　身体がふやけるような感じであろう。我の力を存分に味わうがよいぞー」

「ひひーん」

　あまりの気持ちよさに八本足で立っていられなくなったホウちゃんは、崩れるように横たわった。

　そうして、和也がグルーミングしやすいように体勢を変える。完全に警戒を解いたその姿には、神獣の威厳(いげん)はなかった。

　ちびスラちゃん達が、ホウちゃんに乗っかりはじめる。

「んん？　ひょっとしてちびスラちゃん達もお手伝いしてくれるの？　なんていい子なのだろうか！　よし！　じゃあ、ホウちゃんにクリームをまんべんなく塗りたくってくれたまえ。ミッションアタック！」

　和也の強引な指示に従い、ちびスラちゃん達はクリームをホウちゃんに塗っていく。その作業を終えると、彼らは蹄鉄(ていてつ)のメンテナンスまではじめた。ミスリルで作られている蹄鉄はきれいに洗われ、蹄にもクリームがしっかりと塗り込まれていく。

ホウちゃんは、いつの間にか眠りについていた。

そんな様子を、砦の魔族達が驚愕の表情で眺めている。

「スレイプニル様が眠ってるぞ」

「神獣は眠らないと聞いたが……」

「それそれ！　俺も聞いた！」

「でも、ホウちゃんさんは気持ちよさそうに寝ているぞ？」

「和也様のグルーミングがすごいという証明だな」

騒然となる一同。

和也はそれに気づくことなく機嫌よくグルーミングを続ける。ちびスラちゃん達も甲斐甲斐しくサポートしていた。

そこへ、犬狼族の長老がやって来る。

「和也様。山牛のつがい五十組と、仔山牛十頭が到着したとのことです」

「おお！　ついに山牛さんの登場だね！　よし、一気にグルーミングを終わらせるぞ！　うなれ、俺のゴッドハンド！　燃え上がるように動かせ神速ブラシ！　うりゃぁぁぁぁ！」

山牛が届いたと聞いてテンションが振りきれた和也は、謎の必殺技名を叫びながらホウちゃんを仕上げていく。

ホウちゃんは和也の手の動きが変わったことに驚き目を覚ましたが、先ほどとは違う気持ちよさに再び眠りに落ちた。

スラちゃん1号がやって来て「お疲れ様です、和也様。山牛を迎えに行く前にお茶でもどうぞ」と和也に紅茶を手渡す。

「ありがとうー。やっぱりホウちゃんは大きいし、脚が八本もあるからやりがいあるよねー。ちびスラちゃん達も手伝ってくれたから技術の幅も広がったよ！　よし、じゃあ山牛さん達を迎えに行こう。スラちゃん1号も一緒に行くよー」

勢いよく紅茶を飲み干した和也は、スラちゃん1号を頭の上に乗せ、山牛のもとに向かった。

和也は、山牛をホルスタインかジャージーのような牛だとイメージしていたが、彼の目の前で草を食べているのは、長毛種の牛であった。
和也は山牛を見て、ワナワナしはじめる。
そんな和也を見て、犬狼族の長老が不安そうに尋ねる。

「あ、あの。なにか気に障(さわ)りましたかな？　選りすぐりの山牛を用意させていただいたのですが……」

和也は首を横に振って答える。

「違うよ！　こんなモフモフした毛の牛がいるなんてビックリだよ！　これはグルーミングのしがいがありますぞー。ねえ、スラちゃん1号、山牛さんの体毛がつやつやになるクリームを作ってくれる？　樽(たる)いっぱいに欲しいな」

スラちゃん1号が「かしこまりました。そのほうが搾(しぼ)れる乳の量も増えそうですね。そうですよね？　山牛さん達」と触手で伝え、近くの山牛の顔にゆっくりと触手を這(は)わせる。

怯(おび)えた山牛達は、「もー」と鳴いて何度も頷くのだった。

3．ほのぼのとした一幕

「ふはははー。グルーミングは気持ちいいでしょ！　わかるよ、わかる！　でもこれからが本番なんだ。うりゃぁぁぁぁ！」

「もー」

和也がブラシを動かすと、山牛は気持ちよさそうに鳴いた。

続いて和也は、スラちゃん1号が用意してくれたつやつやクリームを山牛に塗り、手慣れた動作で馴染ませていく。

グルーミングする和也の側には、山牛達が待ちきれないとばかりに行列を作っていた。その光景を見て、犬狼族の長老はギョッとした表情になっている。

そんな犬狼族の長老に、背後から司令官が声をかける。

「山牛が行列？　御するのに苦労する山牛達が？」

「おお、婿殿か。いや、和也様がグルーミングをはじめると言って一体にブラシを入れた瞬間……行列を作りはじめたのじゃ」

「なんでそんなことに？」

長老と司令官の会話に、副官が参加してくる。

「どうやらちびスラちゃんさん達が誘導しているようですよ」

彼女はそう言うと、山牛の頭の上を指さした。

それぞれの山牛の頭の上には、ちびスラちゃんが乗っていた。ちびスラちゃん達は触手を動かし、山牛が効率よくグルーミングを受けられるようにしているようだった。

なお、大人の山牛と一緒に来ていた仔山牛は、スラちゃん1号がまとめて面倒を見ているらしい。

司令官が犬狼族の長老に尋ねる。

「仔牛に近づくと見さかいなく攻撃してくる凶悪な山牛が……スラちゃん1号殿がなにかをしたのか？」

「いや、婿殿。和也様がリーダー格の山牛にブラシを入れた瞬間に、なにやら山牛達が鳴きはじめ、それを聞いた仔牛達がスラちゃん1号殿のもとに集まったのじゃ」

「な、なるほど？　よくわかりませんが、なるほどと言っておきますよ」

司令官は、長老の話を聞いても理解できなかった。副官から理解するのを諦めるように目で伝えられた彼は、大きくため息をついて現状を受け入れる。

それから司令官は軽く頬を叩いて、和也に近づく。

「和也殿」

「おお！　司令官さんと副官さんじゃん。どう、新婚生活は？　ちょっと待ってね。うりゃぁぁぁぁ！　万能グルーミング千手観音（せんじゅかんのん）！　この子は終わりー。ちびスラちゃん、あとはよろしくー。ちょっと休憩するから、グルーミングをしてない子はちびスラちゃんを頭の上に乗せたままにしておいてねー」

和也は、山牛のグルーミングをいったん休憩することにした。

グルーミングを受けた山牛は感謝の気持ちで和也に身体をこすりつけ、まだの山牛は残念そうにしながらもその場で草を食べはじめた。

和也は司令官に尋ねる。

「どうかしたの？」

「い、いえ。山牛が言うことをよく聞いているなと」

「犬狼族の長老さんから、山牛は気難しいと聞いていたけどみんないい子だよ！　子供も可愛いしさ。こんなにいい子達なら飼育するのも楽だよね。まあ俺が飼育するわけじゃないから、司令官さん達に頑張ってもらう感じだけど」

和也の言葉に司令官が困惑していると、仔山牛の世話をイーちゃんに引き継いだスラちゃん1号がやって来た。そして、「お疲れ様です、和也様。飲み物を用意しますが、ご希望はありますか？」と触手の動きで確認してくる。

「炭酸ジュースかな」

スラちゃん1号は慣れた手つきで果物をすり潰し、炭酸水を入れてかき混ぜる。そしてどこから用意したのか、グラスに氷まで入れて和也に手渡した。

「くー！　美味い！　仕事のあとの炭酸は最高だね。さすがはスラちゃん1号だよ。おかわり！」

和也にそう言われ、スラちゃん1号は「はいはい。すぐに用意しますよ。皆さんもいかがですか？」と次の一杯を用意し、その場にいたみんなに炭酸ジュースを勧めた。

それから、和也、司令官、副官、長老、砦の魔族、犬獣人、猫獣人、和也の護衛をしている魔族とリザードマンなど様々な種族が入り交じり、ちょっとした宴会がはじまる。

和也は集まったみんなに向かって告げる。

「だったら、このままバーベキューでもしよう！　いいよね。スラちゃん1号？」

スラちゃん1号は「あらあら。でも、山牛達のグルーミングが終わってからですよ。おあずけをされている子達が可哀想ですからね」と上下に弾みながら答えた。

「そっかー。そうだよね。まずは仕事を終わらせないとだね。じゃあ、それが終わったらバーベキューをしよう！　さあ、俺の休憩は終わり！　皆はそのままジュースを飲んどいてよ」

おかわりの炭酸ジュースを飲み干した和也はそう言って大きく伸びをすると、山牛達のグルーミングをすべく走っていった。

司令官は山牛を手なづける方法を聞きたかったのだが……勢いよく去っていく和也を止めることができず、残念そうな顔をするのだった。

4. 和也はなにかに気づかされてしまう

和也が砦に到着してから、なんと一ヶ月経った。

砦の牧場では、山牛の搾乳が行われていた。

さらには、山牛の乳を材料にした料理が和也によって開発され、スラちゃん1号がレシピとして取りまとめている。

「今日は、先日完成したチーズを使いますー。スラちゃん1号、チーズを使った面白い料理があるんだよー。チーズフォンデュといって、チーズを削ってワインで溶かしていくんだけど……」

和也が言い終える前に、スラちゃん1号はチーズフォンデュを作ってしまった。

「すごいねスラちゃん1号！　……でも、アルコールが苦手だからなんとかならない？」

和也が申し訳なさそうに付け加えると、スラちゃん1号は「わかりました。アルコールが苦手な方用のチーズフォンデュもあとで作りましょう」と触手で伝える。

それからスラちゃん1号はちびスラちゃん達に向かって「ちびスラちゃん、このワイン入りチーズフォンデュは司令官さんのところに。一緒にパンや野菜とベーコンも忘れないようにお願いしますね」と指示を出す。

ちびスラちゃん達は器用に身体を凹ませて鍋を受け取ると、パンなどが入った籠と一緒に司令官のもとへ運んでいった。

その間に、スラちゃん1号は新たな鍋に新しいチーズフォンデュを作る。今度はアルコールが入っていない。

「うんうん、これこれ！　さっきはお酒っぽさを感じたんだよね。俺って子供舌だよなー。美味しく食べられるなら子供舌でもいいけどねー」

和也がアルコールなしのチーズフォンデュを食べて笑みを見せると、スラちゃん1号も嬉しそうにするのだった。

そんなふうにのんびりとしていると、司令官が顔面蒼白で走ってきた。和也は食事をいったんやめて尋ねる。

「どうしたの？　ちびスラちゃんに届けてもらったチーズフォンデュ、美味しくなかった？　ワインの量が多かったかな？」

「いえ、じつに美味しい料理でした。あのような料理を食べられるのは本当に幸せです。可愛い嫁さんを見ながらの食事って最高ですよ。和也殿には本当に感謝……じゃなくて！　いや、感謝しているのは本当ですが、和也様、そろそろ出発しないとだめです！」

司令官に一気に話され、和也は首をかしげる。

「え？　出発？　まだ山牛の乳を使った料理が残っているのに、無の森に帰るの？」

司令官は慌てて手を横に振って声を上げる。

「違いますよ！　魔王城です！　魔王城に向かうんですよ！　魔王マリエール様に会う約束をお忘れですか!?　帰らないでください。文字通り俺の首が飛びます！」

「忘れてた！　そういえば、マリエールさんとお話しするために無の森を出たんだった。スラちゃん1号は覚えていたの？『え？　当然、覚えていますよ』だって？　なんだよー教えてよー。スラちゃん1号は俺の秘書さんなんだよ」

スラちゃん1号は「あらあら。いつの間にやら秘書になっていたのですね。ただ、あまりにも和也様が楽しそうにされていましたので、マリエールくらい待たせてもよいかと思いまして」と澄まし顔で身体を動かした。

司令官は泣きそうになった。スラちゃん1号からとんでもない言い分を聞かされたからである。

ちなみに、司令官自身もすっかり忘れていた。

だが、チーズフォンデュを食べていたところ四天王筆頭(してんのうひっとう)フェイから「定時連絡以降、和也殿の行方(ゆくえ)がわからない。なにか知らないか？」との連絡を受け——「ぬぁぁぁぁ！」と叫んで、慌てて和也のもとにやって来たのである。

司令官が和也に、魔王マリエールと四天王筆頭フェイが心待ちにしていると力説すると、和也は勢いよく頷いて立ち上がった。

「そうだ。待たせちゃだめだよね。でも、いい感じのチーズがたくさんできそうなんだよなー。ネーちゃんと、ちびスラちゃん達が頑張ってくれているからね。スラちゃん1号、できかけのチーズを運んでも大丈夫かな?」

スラちゃん1号は「たぶん問題ないですよ。ちびスラちゃん達に頑張ってもらいましょうね」とチーズ作成担当のネーちゃんを呼び、荷台に積み込むように指示を出すのだった。

急に出発の準備をはじめた和也達を見て、砦の魔族と犬狼族達が悲しそうな顔になっていた。彼らはすでに和也に心酔しきり、別れが受け入れられないのだ。

「俺達もついていきます!」

「それを言うなら、犬狼族は和也殿にも忠誠を誓っておりますぞ!」

「なんだよ。俺達が最初に和也さんを見つけたんだぞ!」

「最初にグルーミングしていただいたのは儂じゃ」

「副官ちゃんが先だろうが!」

「なにを言うか！　やろうって言うのか！」

なぜか一触即発状態の砦の魔族と犬狼族。

乱闘騒ぎに発展しそうになるのを見て、和也が間に入る。

「俺のために争うのはやめてほしいなー。俺達は出発するけど、また戻ってくるから！　それまでに、ヨーグルト、チーズ、バターをいっぱい作って待っていてよ。その前に、一時のお別れのグルーミング祭りだー」

和也の言葉に泣きそうになっていた者達は、「グルーミング祭り」と聞き、大歓声を上げて和也に群がるのだった。

5．和也は旅立つ

「もー」

「和也様！　早く帰ってきてくださいね！」

「山牛の飼育はお任せください！」

「チーズを大量に作って待ってますよー」

翌朝、出発前の和也のもとに山牛をはじめとして大勢の者が集まっていた。

一人ずつではなくいっせいに話しかけられ、和也がさすがに困惑していると、その言葉の中に爆弾発言が放り込まれる。

「私の子供にグルーミングしてくださいねー」

副官のその一言で、見送りの場が修羅場（しゅらば）と化す。

「こ、子供？　なにー！」

「嘘だー副官ちゃん！　子供ができたなんて嘘だと言ってくれ！」

「マジ倒す！」

「司令官許すまじ！」

その場にいた司令官が後ずさりしながら口にする。

「ちょっ！　待て！　話せばわかる」

「わかるわけねー！　野郎ども、やっちまおうぜ！」

「「おー」」

先ほどまで和也が旅立つのは嫌だとバリケードのように前を塞いでいた魔族達が、今は司令官を追いかけ回している。

そんな様子を見て唖然としていた和也だったが、ふと思いだしたように副官に確認する。

「さっきの話だけど――」

「ふふっ。申し訳ございません。あのままでは和也様が出発できないと思いまして」

小さく舌を出しながらそう答える副官。

和也は納得したものの、殺意を向けられ追いかけ回されている司令官を見て、少しだけ申し訳なく感じる。

「司令官さんは大丈夫？　ほら、あの人なんて抜剣までして追いかけているよ？」

「彼は実力がありますから大丈夫ですよ。この程度で倒されるような人じゃないです。それに、お父さんとして強くあってほしいですからね」

そう言って少し頬を赤らめながらお腹をさする副官。スラちゃん1号が「あらあらまあ」と触手を動かすと、和也は手を叩く。

「さっきのは嘘じゃなくて本当だったんだね。じゃあ、なにかあったら大変だね！　前に作ったお守りをあげるよ！　スラちゃん1号、あれまだ残っていたよね？」

スラちゃん1号は「ええ、ありますよ。どれにします？」と、ネックレスを取りだす。

ネックレスには大きな宝石が付けられていた。魔力を感じ取れる者には、石自体が光っているように見える不思議な宝石である。

「うーん、そうだなー。これにしようかな？　いやこっちがいいかな？　……よし、全部あげるよ。そのときの気分で変えてくれていいから！」

和也から五種類のブレスレットすべてを渡された副官は、青白い顔になっていた。

遠慮しよう、全力で遠慮しよう、そう思った副官だったが、スラちゃん1号から「和也様からの下賜（かし）を断るのですか？」と無言の威圧を受けて観念した。

「だ、大事にさせてもらいます。家宝としますね」

「そんなすごい物じゃないから気にしなくていいんだよー。えっと、透明なのは着けていると元気になるんだよ！　これは俺が着けて確認したから効果は間違いないよ！」

副官は、せめて家宝にしようとしたが、和也から軽い感じで普段から着けるように言われてしまった。

和也から言われては断れない、それに和也はいつ戻ってくるかもわからない。そう思った副官は涙目になりながらも、日替わりでネックレスを着けることを和也に約束するのだった。

「よーし！　じゃあ出発だー。司令官さんー。頑張ってねー」

和也の号令に、一同が出発をはじめる。

整然と並ぶ軍勢に続いて、和也はホウちゃんに騎乗し、スラちゃん1号を頭の上に乗せながら進みはじめた。

「えっ!?　お、おい！　和也殿が出発されるぞ！　見送りしなくていいのかよ」

和也が出発するのに気づいた司令官が、しつこいほどに追いかけながら攻撃をしてくる部下達に声をかける。

殺気だった部下達は和也達に別れの挨拶をしながらも、司令官を追いかけるのをやめない。

「和也様！　帰りには絶対に寄ってくださいよ！　そして司令官は動かないでくださいよ！」

「一太刀（ひとたち）だけ！　ちょっと攻撃を受けるだけですから、一太刀浴びてくださいよ！」

「おい！　誰か補助魔法をかけろよ！　本気で当たらねえ」

「攻撃魔法は山牛に当たるから使うなよ！」

「当たり前だ！　あれ？　山牛も司令官を追いかけてないか？」

それらの攻撃を器用にかわしながら、司令官が大声で叫ぶ。

「一太刀受けたら怪我するわ！　うわぁ！　ちょっ！　なんでお前達も突撃してくるんだよ！」

「「「もー」」」

なぜか山牛も司令官に突撃していた。

司令官は山牛の猛攻を避けると、和也に向かって言う。

「和也様！　牧場のことは俺達に任せてください！　あと、魔王マリエール様によろしくお伝えください！　ここまでくれば反撃しても文句は言われないよな。覚悟しろよ、お前達」

「「「うわー。司令官がキレたー」」」

ついに、司令官が反撃をはじめた。

次々と吹っ飛んでいく砦の魔族達を眺めながら、和也達はゆっくりと魔王城に向かって行進する。

和也は、遠くで高笑いをしている司令官に向かって大声で言う。

「司令官さん、やりすぎに気をつけてねー。それにしてもみんないい人達だったねー。今度会うときはプレゼントを用意しとかないと」

　スラちゃん1号は「そうですね。お子さんも産まれているでしょうから、子供服を用意しましょう。モイちゃんの糸も大量にありますからね。産着や子供用の服もたくさん作っておきますね」と和也の上で弾みながら答える。

何気ない会話のようだが、司令官・副官だけでなく魔王まで、胃が痛くなるような内容だった。
というのも、モイちゃんの糸こと「コイカの糸」は伝説の素材とされる物で、世界広しといえど
そうそう存在しえないのだから。

6. そのまま出発するなんてありえなかった

「平和だねー。街道はきれいに整備されているし、襲われることはないし、休憩する場所も定期的
にあるし」
和也はホウちゃんにもたれながら、のほほんとしている。
だが、だらーんとしているのは和也だけで、ほかの者達は周囲をしっかり警戒していた。
魔王城側からは出迎えや護衛の用意はなかった。砦の司令官から、街道をまっすぐに行けばよい
と言われただけである。
魔王城への案内役として同行している、土の四天王マウントの娘であるルクアが事情を説明する。
「本来なら護衛は必要ですが、和也様の戦力を見て問題ないと判断されたのでしょうか。魔族は力
がすべてですからね」

せっかく発言したのに、これまでの存在感のなさから「え？　いたの？」との視線を向けられたルクアは泣きそうになる。

気を取り直して、ルクアは和也に話しかける。

「和也様。この先しばらくは砦も街もありません。ちょっと行ったところに小さな集落がありますから、そちらで休憩しましょう。先触れを出しておきます」

「わかったー。その集落にはどれくらいの人がいるの？　近くに街とかなくて生活はできるのかな？　なにかプレゼントを用意したほうがいい？」

そう尋ねつつ、ホウちゃんの上で器用にだらだらとしている和也を見て、ルクアは笑みを浮かべる。

かなり危険な行動なのだが、ホウちゃんが落ちないように気を使っているのと、スラちゃん1号が触手を操って支えているのとで、和也が落ちることはなかった。

しばらく他愛のない話をしながら集落に向かう和也達だったが、先触れに出ていたルクアの部下が青い顔をして戻ってきた。

和也がいったい何事かと見ていると、部下はルクアに慌てた様子で言う。

「ほ、報告します！　この先の集落で疫病が流行っているとのことです。和也様一行はこの集落に寄ることなく進んでください！」

「集落はどうするの？」

和也が心配して問うと、報告者に代わってルクアが答える。

ルクアの案は、案内役をセンカに譲って自分は砦に戻るというものだった。それで、その集落への救援物資を魔王城に依頼するらしい。

和也は、スラちゃん1号を抱き寄せてジッと見つめる。

スラちゃん1号は「大丈夫です、和也様。こんなこともあろうかと、救援物資は用意してありますから。病気は、私が診断して薬を作りますね。では、ルクアさん。集落に案内してください」と触手を動かした。

慌てたのはルクアである。

ルクアは、スラちゃん1号の優しさに感謝しながらも……魔王領にとって大切な要人である彼を集落に向かわすことはできないと反対した。

和也はルクアに向かって言う。

「ルクアさん。困ったときはお互い様だよ。俺はこれまでに困っているイーちゃんやネーちゃんを助けてきたし、モイちゃんやリザードマンさんや蜂さんともそんな感じで仲よくなってきたんだ。グラモの土竜（もぐら）一族なんて、借金に困って全員が無の森に引っ越してきたじゃん。俺はそういう人達を助けてきたし、それはこれからも変わらないよ。あと、ルクアさんが今から砦に戻っても、救援が間に合わないかもしれないじゃん」

「和也様……ありがとうございます。ですが、スラちゃん1号さんが『無理ですね』と言われたらすぐに撤退してくださいませ。それと、和也様が集落に入るのは、ほかの者が入り終えた最後ですわよ。これは譲れませんわ！」

ルクアがそう主張すると、スラちゃん1号はルクアの頬をなでた。そして小さく頷き、和也の安全を最優先で考えていることを伝える。

それからスラちゃん1号は「では、私達だけで状況を確認してきます。和也様はホウちゃんから降りたらだめですからね」と伝え、集落に向かっていった。


残された和也の周りではキャンプが作られ、炊きだしの準備がはじまった。

ちびスラちゃん達が回復薬を作りだし、リザードマンやキラービー達はセンカの部下達と一緒に周辺の調査に向かう。

「ねえ、集落には行かないから、ホウちゃんから降りてもいいかな？　ご飯も食べたいし」

そう主張する和也に対し、ホウちゃんは「主(あるじ)！　私の背中はそれほど乗り心地が悪いでしょうか？　ご満足いただけるように全力を尽くしていたのですが」と落ち込んだように伝える。

そんなせめぎ合いが行われていたが……最終的には、和也がホウちゃんの背中で食事をすることになった。

「ホウちゃんの背中は乗り心地抜群だよ？　でも、地面に足を着けたいなーと思ってさ。ずっとホウちゃんに乗りっぱなしなのも申し訳ないしさ。それに、炊きだしのご飯も試食しないとだめじゃん？」

しかし、そのまま馬上で炊きだしの味見をすることになり、和也は味を調整する指示を出していく。

「もうちょっと味を薄くして煮込んでくれるかな。お肉は小さな団子にしてほしい。胃が弱って、食事が取れないかもしれないからね。それと、経口補水液も作っておこうかな。水と塩と砂糖の割合は……うん、こんな感じかな？」

和也はそんなふうにして、大量に物資を準備していった。

しばらくして、集落の調査に行っていたスラちゃん1号達がキャンプに戻ってきたときには、大量のスープと経口補水液が用意されていたのだった。

7．和也が集落にやって来た

「高熱が出ていて、お腹を下しているのかー。吐いたりはしてないの？　そっちは大丈夫なんだ。ふむふむ、じゃあ用意した経口補水液とスープは役立つかな。それで原因は――森の中に生えてたキノコを食べたの？　それって疫病じゃなくて食中毒じゃない？」

スラちゃん1号からの報告を聞いた和也は、どこから取りだしたのか、カルテのような物になにやら書き込んだ。

和也はペンを咥えてしばらく考え込むと、原因となったというキノコを手に取った。

「これがそうなの？　普通のキノコだよね？　スラちゃん1号がこのキノコを原因と判断したのはどうして？」

和也に問われ、スラちゃん1号は「私がこのキノコを取り込んだ際に、毒物の反応が出たからですよ」と触手を動かしながら軽い感じで答えた。

それを聞いて、和也は慌ててしまう。

彼は顔を真っ青にし、慌ててスラちゃん1号の身体をなで回しだした。

「なんでそんなに危ないことしたの!?　いでよ！　万能グルーミング！　ほら見せて。ここですかー？　それともこっちですか？　早く悪いところを言いなさいー」

「ちょっ！　和也様！　どこも悪くないですから！　解析するために取り込んだだけです。ほら、安心してください。あなたのスラちゃん1号はこの通り元気ですよ。それよりも集落の人々が大変です。早く行きましょう」と身体を弾ませるスラちゃん1号。

「あまり危ないことをしないでよ。毒キノコを食べるなんて本当にやめてよね。よし、反省したのならOKだよ！　それじゃあスープ持った？　経口補水液は準備万端？　うん！　では、これより和也部隊は救援に向かう。皆の者続けー、急ぐぞー。ホウちゃん全力だ！」

和也は、ホウちゃんを勢いよく走らせた。

するると、ホウちゃんは和也によいところを見せようとして——本当に全力を出してしまう。あっという間に、後続部隊をはるか彼方まで引き離してしまった。

スラちゃん1号が触手でホウちゃんを叩く。

「こら、なにをしているのです。和也様だけ急いでも意味がないでしょうが。もう少し考えなさい。和也様の言われる通りに動くだけではだめですよ」と、スラちゃん1号は溶解液をホウちゃんに引っかけていた。

「ひ、ひひーん。ひんひん」

「申し訳ございません、許してください」と伝えて、ホウちゃんは歩みを止める。後続部隊が追いつくのを待っている間、スラちゃん1号は和也にもお説教をはじめる。

「いいですか、和也様？　集団行動は大事です。和也様が勝手に動かれたら、皆ついていかないといけなくなるしょう？　和也様にはしっかりとしていてもらわないと困ります。もっと支配者としてどっしりと構えていてください」と、スラちゃん1号がちくちくやっていると——ようやく後続達が追いついてきた。

　和也は、スラちゃん1号に必死に謝る。

「ごめんなさい！　もう突撃はしないから許してー」

　和也に追いついた者達は、和也がスラちゃん1号に怒られているのを見て、なにが起きているのかわからずオロオロするしかなかった。

　スラちゃん1号は一通り説教し終えるとため息を吐き、そして「次からは気をつけてくださいね」と触手を優しく動かした。

「許してくれるんだね。俺に注意をしてくれるスラちゃん1号は最高だよ」

　和也はスラちゃん1号を抱き上げ、何度も頬ずりする。

　スラちゃん1号は照れていたが、思いだしたように病人が待っていることを伝えた。その言葉に和也は急に慌てだし、みんなに向かって指示をする。

「イーちゃん達はスープを温め直して。ネーちゃん達はお湯とタオルの準備。それが終わったら、集落の人達の身体を拭こう。そしてモイちゃん印のパジャマを着せてあげよう。その後は、経口補水液を飲ませてあげて。俺とスラちゃん達はここに救護所を作る。ホウちゃんは森を駆け抜けて、襲いかかってきそうな魔物とかがいたら倒してきて」

和也の命令に応えると、皆は次々と動きだしていった。

集落にいた者すべてが食中毒になっていた。中には脱水症状を起こしている者もおり、苦しそうに呻いていた。

和也はふざけていたのを反省し、精力的に活動する。

経口補水液などのおかげで、集落の者達の表情に精気が戻る。生命力の強い魔族だからこそ耐えられたようだった。あと数日、和也達が来るのが遅れていれば手遅れになっていただろう。

身体を拭かれ、着替えさせられた者達がベースキャンプにやって来て、集落の長が和也に頭を下げた。

「救援、感謝いたします。慈悲深き尊きお方の名前をお伺いしても？　我らのような者を救ってくださり、感謝しております。ですが、我らに返せる物など――」

長は申し訳なさのあまり身体を小さくしていた。

弱肉強食が基本の魔族において、弱っていること自体が悪である。

魔王マリエールの治世ではその考えもいくらか弱まり、弱者救済も行われるようになったが、それほど浸透しているわけではない。

だからこそ、長としては感謝しつつも、どう恩を返せばいいのかわからない。集落の半数以上を奴隷として差しだせと言われても受け入れるしかないと考えていた。

しかし和也から返ってきた答えは、ありえないものだった。

「気にしなくていいよー。たまたま寄って、困っているのがわかっただけだから。それに、服はマリエールさんに用意しておいた普段着だけど、病人を救うために使ったとなれば許してくれると思うからねー。ねえ、スラちゃん1号もそう思うだろ？　困ったときはお互い様だよねー」

和也が笑顔で呟いた「マリエール」という言葉を聞いて、集落の長、そして近くで治療を受けていた者達が震える。

魔王マリエール——その名は歴代最強魔王として響き渡っているのだ。

「あ、あの、マリエール様とは、我らが主である魔王マリエール様のことでしょうか？」

集落の長が恐る恐る和也に確認する。マリエールの献上品であるという服を着せられ、彼らは生きた心地がしていない。

「そうだよー。これから魔王城に遊びに行くところなんだよ。それで、ちょっと休憩しようと来たらさ、みんなが倒れててって話じゃん？　心配になって救援活動するよね！　でも軽い食中毒でよかったよ。経口補水液を飲んで、随分と元気になったみたいだから」

能天気にそう言う和也を見て、集落の者達は心の中でツッコむ。

（（（いやいやいや！　魔王マリエール様のご友人だと！　そんなお方に助けてもらったのか⁉　あと、元気そうに見えるのは仰天してるだけだから！）））

彼らの心の内に気づいていない和也は、スラちゃん1号に今後のことを話す。

「経口補水液は引き続き飲ませてあげて。それと、食べないと力が出ないし回復もしないから、用意したスープをさっそく飲ませてあげよう。スープ皿とスプーンの用意もお願いしていいかな？」

スラちゃん1号は「ええ。もちろんです。この人数でしたら特に問題なく用意できますよ。では、ちびスラちゃん達はスープを入れる皿を持って並びなさい。そして集落の方々に渡していくように。ちょっと調味料を足しますね」と上下に弾むと、ちびスラちゃん達を連れて調理場に向かっていった。

スラちゃん1号達が一列になって進んでいく姿はとても可愛らしく、和也はそれを楽しそうに眺めていた。

しばらくして和也はなにかを思いついたのか、イーちゃんを呼び寄せ、その耳元に「お風呂」とささやく。

すると、イーちゃんは大きく頷いて近くにいた犬獣人や猫獣人達、それとリザードマン達も連れて集落の外れに向かった。

「……そういえばホウちゃんは帰ってこないね。どこまで行ったんだろう？　ん？　どうかしたの？」

和也が遠くに視線を向けてホウちゃんを思いだしていると、集落の長が話しかけてくる。

「あ、あの。高貴なお方様――え？『和也と呼んでほしい』？　では、和也様。それで私達はなにをすればよろしいのでしょうか？」

長は、和也の配下達だけに働かせるわけにはいかないとのことで声をかけたらしい。だが、和也はその申し出を断り、病み上がりなので休んでおくようにと伝えた。

それから和也は、荷馬車に積んでいたモイちゃん糸で作られた枕を取りだす。

「とりあえず枕はたくさんあるから、これを使ってよ」

「い、いや。和也様。これ以上は――」

荷馬車の一つは枕で埋め尽くされていた。なので、集落の者達に一人一個を渡しても半分以上は残っている。

枕だけでは足りないと感じた和也は、少し離れた場所で調理をしているスラちゃん1号に声をかける。

「いいからいいから。そっか！　お布団も必要だよね！　ねースラちゃん1号。お布団を作れるかなー？」

スラちゃん1号は「お布団ですか？　確かに食中毒で苦しんでいる者も多いでしょうから、きれいなお布団は必要ですね。うーん、どうしましょうか？」と考え込む。

それからスラちゃん1号は「そうだ、スラちゃん2号。森の中で、使えそうな物がないか調べてきてもらえます？　それと、ホウちゃんを見かけたら呼んできてください。和也様にお願いされたからといって張りきりすぎです。さっきから何度も帰ってくるように伝えているのですが……」とスラちゃん2号に声をかけた。

スラちゃん2号は「了解。ついでに薬草や食べられそうな物がないか、調べてくるね」と、近くにいたちびスラちゃん二匹を連れて森の中に入っていった。

長は、テキパキと動く和也達を眺めながら唖然としていた。

和也から「病人はゆっくりしなさい」と言われた集落の者達が救援所に移動していく。そこで待っていた若者が気楽な感じで、長に話しかける。

「長、和也様のおかげで助かりましたね！」

「ああそうだな。しかし、我らが受けた恩をどうやって和也様に返せばいい？　この服だけでも、我らの財産をなげうっても買えると思うか？」

集落の長はそう口にすると、長いため息を吐く。

笑顔だった若者は事の深刻さにようやく気づき、青い顔になった。そして改めて自分の着ている服を見て震えだす。

「ど、どうしましょう……」

「今はなにも返せる物はない。和也様のお言葉通りに大人しく待っているとしよう」

さすがに言いすぎたと感じた長は、若者の肩を叩くと微笑みかけ、ちびスラちゃんから手渡されたスープをゆっくりと飲むのだった。


スラちゃん2号がホウちゃんの上に乗り、触手をペシペシとしている。

「ひ、ひひーん……」

「ほら。ホウちゃん。怒られるのは確定なのですから、諦めてスラちゃん1号に謝ってきなさいな」とスラちゃん2号が伝えると、ホウちゃんは怯えた表情ながらも動きだした。

ホウちゃんは和也を見つけると、慌てて駆け寄った。

「ひひーん！　ひんひん！」

「え？　どうしたのホウちゃん？　おお！　こっちに来そうになっていた熊の魔物を倒したの？　えらいじゃん！　それにしてもすごい汗だね。そんなに強い敵だったの？　いでよ！　万能グルーミング！　よく頑張ったねー。褒めてしんぜよう。うりゃうりゃ」

怒られると思って冷や汗を大量にかいていたホウちゃんを、和也は万能グルーミングでタオルを作りだして拭いていく。

ホウちゃんは嬉しそうにしていたが――そんな楽しい時間は長く続かなかった。

背後に雷をまとったスラちゃん1号が近づいてきたのである。

「ねえ。ホウちゃん？　どうして和也様からグルーミングを受けているのです？　早く帰ってきなさいと私は言いましたよね？　私の念話は通じていませんでしたか？　なぜ目をそらしているのです？　ねえ、こっちを見なさいよホウちゃん」と耳元でささやくスラちゃん1号。

ホウちゃんは恐怖のあまり白目になると、そのまま泡を噴いて気絶してしまった。

8．ちょっとした喜劇

和也達の救援活動は順調に進み、三日ほどで全員の症状は改善した。

平行して事情聴取が行われたが、なにもわからなかった。集落の者達から聞かされたのは、いつも食べているキノコを食べただけとのことだった。

スラちゃん2号達の二度目の探索で、食中毒の原因となったキノコが大量に集められた。その後、キノコを乾燥させたり水に漬けたりなど様々な状態で保存されていく。

「マリエールさんのところに持っていくの？」

「ええ。ちゃんとした調査が必要ですからね。このキノコを解析してもらおうかと……」とスラちゃん1号が触手を動かす。

後に、そのキノコは魔王城にある研究機関によって調査された。
変異種であるキノコの魔物が死に、毒をまき散らしていたらしい。それで、森全体のキノコに毒が広がったようだ。
偶然和也が通り、また集落の者達がキノコを普段から食べていたために気づけたが、どちらかのタイミングが合わずに放置されていれば、被害はさらに甚大になっていただろう。
さらに後日、研究結果の報告を受けたマリエールは、問題を未然に防いだ和也への感謝の気持ちとして、集落と近くにあった森を浄化したうえで集落ごと和也に譲渡するのであった。

「みんな元気になったのなら、お肉でお祝いパーティーをしないとねー」

和也は全快した魔族達を見て、嬉しそうに言う。「これ以上の恩は返せないからやめて！」と目線で懇願（こんがん）する集落の長を無視して。

一方、そろそろ肉を食べたいと思っていた若者達は大喜びしていた。そんな能天気な若者達に触発され、魔族の老人達も開き直っていく。

「はっはっは。若い者は元気でいいのー」

「そうじゃな。これだけの恩を受けて、どうやって返そうかの？」

「こうなったら、儂らも若い者に負けんように開き直るか！」

「ええのう。そうしようじゃないか！」

そこへ、集落の長が老人達に声をかける。

「よーし。まずはひと風呂浴びてこよう」

「「「おお！」」」

老人達はタオルと手に取ると、集落の外れに作られたという風呂場へ、のんびり向かっていくのだった。

　お風呂は、村人の救援中に和也がイーちゃん達にさりげなく頼んでおいた案件で、かなり巨大な浴槽ができあがっていた。集落に棲む魔族五十名全員が入れる広さがあり、男女もキッチリと分けられている。共有の憩いの場には、簡易の食堂まで作られていた。

　風呂場にやって来た老人達は、なぜか先回りして入浴まで済ませていた和也と出会った。和也は憩いの場でくつろいでいた。

「俺はコーヒー牛乳を飲むー。スラちゃん1号はなににする？　え？　水でいいの？　一緒にコーヒー牛乳を飲もうよ！」

「和也様！」

「おお、皆もお風呂に来たの？　ゆっくりしていってねー。ほら、スラちゃん1号、俺の真似をしてグッと一気にいこう。腰に手を当てて飲むのがマナーなんだよー」

　和也は、近くにいたスラちゃん1号にコーヒー牛乳を飲ませる。

　すると、スラちゃん1号の水色の身体はコーヒー牛乳色に変わっていった。

　和也はそんな様子を楽しそうに眺めると、腰に手を当ててコーヒー牛乳を一気飲みし、満足げな表情を浮かべた。

なぜかフラフラとしているスラちゃん1号を見て、和也は不思議そうに問いかける。

「あれ？　どうかしたの？」

スラちゃん1号は「気にしないでください、気分がよいだけですから。コーヒー牛乳は美味しいですねー。もっともらっていいですか？　ひっく！　ちょっとほかの者にも勧めてきますね。イーちゃんじゃないですか？　あれあれ？　イーちゃんが三人もいますよ？　ふふっ。不思議ですね」と左右に揺れながらイーちゃんに近づくと触手で拘束した。

「きゃう！　きゃうきゃう！」

イーちゃんは「ちょっとやめて！　無理に飲ませないで」と抵抗していたが……

スラちゃん1号は強引に、イーちゃんに三本のコーヒー牛乳を飲ませていく。お酒を強要する悪い酔っ払いみたいな行動だったが、飲ませている物はコーヒー牛乳である。

そして、喜劇が生まれる。

「にゃー！　にゃー！」

「や、やめてくださいませ！　スラちゃん1号さん！　そんなに一気に飲め――げほっげほっ」

「きしゃー！」

「お、おい。逃げたほうが……ぎゃー」

次々と捕まっていく、犬獣人、猫獣人達。スラちゃん1号は触手を縦横無尽（じゅうおうむじん）に動かし、コーヒー牛乳を次々と飲ませていった。

　そこへ、集落の若者達がやって来た。彼らは憩いの場での騒動を目の当たりにして一瞬硬直していたが、和也がいるのを見て安心する。

　だが、スラちゃん1号に一人の若者が捕まってしまった。

「なにやら楽しそうです——なんですか？　スラちゃん1号様。え、飲めと？　一気に飲むのがしきたり？」

　彼はコーヒー牛乳を押しつけられながら話していたが、そのまま触手で口を押さえられ、無理やり飲まされる。

　最初は軽い感じで飲んでいたが、五本目ともなると青い顔になった。

「もう飲めま……許し……そうだ！　コーヒー牛乳を飲みたそうなやつがこっちを見ていますよ！」

「なっ！　俺を売るなよ！　い、いや、俺は風呂上がりに飲みたいので遠慮し……なっ！　いつの間に捕まって……嫌！　ちょっ！　待って！　話せばわかりますよ！」

　逃げようとしたその青年が捕まると、若者は離脱を図った。そんな混沌とした状況を微笑ましく眺めていた和也だったが、やっと気づく。

「あれ？　スラちゃん1号ってコーヒー牛乳で酔っ払ってる？」

　一同が「今さらかよ！」との視線を投げる。

だが、和也にツッコミを入れようとすると、スラちゃん1号に捕まるため、彼らは無言のまま静かに風呂場から逃げだすのだった。

その後もスラちゃん1号に捕まった面々は、コーヒー牛乳を飲まされ続けるのだった。

9.集落がリゾート地になる？

和也はコーヒー牛乳をクピクピと飲みながら、憩いの場を眺めていた。

ありえない光景が広がっている。

そこには、イーちゃん、ネーちゃん、ルクア、リザードマン達、集落の長、若者達が死屍累々となって積み上げられていた。

スラちゃん1号のせいで、皆コーヒー牛乳を飲みすぎて白目を剥いているのだ。

酔いから醒めたスラちゃん1号が「……和也様。コーヒー牛乳は今後飲みません。スラちゃん一族と分体であるちびスラちゃん達にも飲ませないようにします」と恥ずかしそうにしている。

「気にしなくていいよー。酔っぱらったスラちゃん1号は面白かったからねー。ねえ、みんなもそう思うだろ？」

軽い感じでスラちゃん1号の謝罪を受け入れる和也だが、周囲の者達は「おいおい、なに言ってくれてんだよ」との視線を和也に向けていた。

和也は少し考え……なぜか目を輝かせる。

「コーヒーはだめだけど、紅茶なら大丈夫なんだよね？」

スラちゃん1号はわからないながらも、弾んで同意を示す。

それを見た和也は、さっそく紅茶と牛乳を用意してもらい、そこに蜂蜜(はちみつ)を入れて甘みを整えると、ドヤ顔とともに高らかに宣言した。

「じゃじゃーん！　コーヒー牛乳ならぬ紅茶牛乳！」

いや単なるミルクティーだろ！　とのツッコミをする者はこの場にはおらず、全員が感動した様子で和也の手にある紅茶牛乳を眺めていた。

そして、スラちゃん1号に手渡される。

紅茶牛乳を美味しそうに飲むスラちゃん1号を見守る一同。

コーヒー牛乳のときと同じようにスラちゃん1号の身体の色が変わったが、酔っ払うことはなかった。

スラちゃん1号は「これは美味しいですね。コーヒー牛乳と違って、ほわほわもしませんから、たくさん飲めそうです。コーヒー牛乳は途中で記憶がなくなりましたから」と触手を動かして感想を伝えた。

スラちゃん1号を注視していた一同は歓声を上げる。

「「おお！」」

「きゃうきゃう！」

「にゃにゃにゃ！」

「よかった！　本当によかった！」

泣きだす者、踊りだす者、抱き合っている者達もいた。

彼らの様子を見て、和也は大きく手を打って言う。

「そんなに喜んでくれるような逸品（いっぴん）が生まれたわけだね！　じゃあ、これをここの特産品にしよう！　お風呂上がりにはコーヒー牛乳と紅茶牛乳が飲めるようにします！　それと、フルーツ牛乳も必要だよね！　えーと、砦の司令官さんに連絡して山牛の乳を送ってもらえる？」

スラちゃん1号は「では、砦で待機しているちびスラちゃんに連絡を取ってみますね……そうです、できれば加熱処理して日持ちするように。今は集落の人達をまかなえる分だけで大丈夫です。そのあたりは司令官さんと集落の長さんで話し合ってもらいます……大丈夫でした。和也様のご要望通りになりますよ」と、すぐさま念話をしてくれた。

その後、和也はスラちゃん1号と相談し、さらなる計画を進めていく――

集落の者達は唖然としていた。突然、リザードマン達が森に向かって建材を運んでいくのを目にしたのである。

集落の一人が、和也に恐る恐る確認する。

「あ、あの和也様。いったいなにをはじめようとしているのです？」

「じつは、ここをリゾート化しようと思ってるんだ。とにかく俺に任せてほしいな。みんなは湯治して、しっかりご飯を食べて養生してくれてればいいから。ルクアさんはマリエールさんに『十日ほど滞在する』って伝えておいてくれる？　前みたいに心配させたらだめだからね」

和也がルクアに向かってそう言うと、ルクアは頷く。

「かしこまりましたわ。すでに遅れているのは、マリエール様も承知されておりますので」


そして十日経った。

「おーらい！　おーらい！　その辺りが一番目立つと思うよ。ところでスラちゃん3号に聞きたいんだけど、ここになにを置くの？」

スラちゃん3号は「ふふふ。秘密ですよ。できあがってからのお楽しみです」と触手を動かす。

和也達は、集落から少し離れた場所にいる。

そこでは、急ピッチで様々な建物が作られていた。

浴場に加えて、宿屋や馬車を止める施設まで建てられた。食堂には、コーヒー牛乳や紅茶牛乳などを作る専用スペースまで併設されている。

明らかに、集落の者達だけでは運営できない規模のリゾート地となっていた。

困惑する集落の長に、和也は申し訳なさそうに言う。

「えへ。ちょっとだけやりすぎちゃった」

「ちょっとですか……」

その後、和也が「運営を任せたい」と伝えると集落は騒然となった。

和也は好意でやってくれたとわかっているものの、彼らはリゾート地を運営するノウハウを持っていないのだ。

最初は戸惑っていた集落の一同だったが――

❖　❖　❖

それから数ヶ月後の話。

砦から司令官と副官が協力者として赴き、集落のリゾートは移住者の受け入れ万全の状態になるまでに成長したという。

素晴らしい宿泊所であるとの口コミが広まり、そこは一大観光スポットとなっていた。

和也が首をかしげていた場所には——スラちゃん3号が作った超巨大な和也像が運び込まれたという。

その威風堂々（いふうどうどう）とした像は、新たな名所となった。

10. 和也が集落から発（た）つ

集落の長が和也に向かって言う。

「このたびは本当にありがとうございました。あとは我らにお任せください。和也様は少しでも早く魔王城へ向かっていただければ。なーに心配はいりません！　和也様が戻られる頃にはこの地は大盛況になっておりますよ」

和也はその言葉を聞いて嬉しそうに頷き、「あとのことは任せた！」と伝える。するとスラちゃん1号はイーちゃん達に号令をかけ、荷馬車の準備をさせた。

「和也様は別れの挨拶をしてきてください。その間に準備をしておきますから」とスラちゃん1号が和也の背中を押す。

和也は集落の者達のところへ向かった。

彼らは皆一様に、和也との別れを寂しそうにしていた。

「お任せください。和也様に救っていただいたこの命。残りの生涯を費やして恩返しいたしますぞ」

「ううう……せっかく和也様と仲よくなれたのに」

和也は万能グルーミングを取りだすと、一匹ずつグルーミングをしていった。

その後、スラちゃん1号から「準備が終わった」との報告を聞き、和也は名残惜しそうにしつつもホウちゃんに騎乗する。

「それじゃあ出発するよー」

和也の号令を受け、一同はゆっくりと進みだす。

集落の者達からは、この地をさらに盛り上げていこうという強い意思が感じられた。そんな頼もしい姿に、和也は手を振って応える。

大歓声が起こる中、和也達は魔王城へ進んでいった。

和也達が集落を出発してから、三日ほど経過した。リゾート地と化した集落で仕事をしていた住民に、空の上から声が聞こえてくる。

「……いったいなにがあった！」

住民は何事かと見上げ――

そして仰天する。

飛竜（ひりゅう）の大群が、目の前でホバリングしているのである。住民は飛竜というものを見たことがなく、話でしか聞いたことがなかった。

ひときわ大きな飛竜に乗っていた、鷹（たか）の上半身をした魔族の大男が飛び降りてくる。

そして地面に降り立つやいなや、とてつもない大声で問う。

「なにがあったかと聞いている！　魔王様の忠実なる風の四天王カウィンである。ここに和也殿がいると連絡があった」

四天王カウィンとの言葉に、集まっていた住民は騒然となる。

魔王直属のカウィンが率いる部隊は、魔王軍の中でも武闘派とされていた。

集落の長は恐る恐る前に出ると、震えながらも話す。

「カ、カウィン様。私はこの集落の長でございます」

「和也殿はどこに？」

「か、和也様なら、三日ほど前に出立されております。カウィン様は、お出迎えに来られたのでしょうか？」

「和也様？　なぜ『様』をつける？　……和也殿というやつはそれほどの強者なのか？」

カウィンにすごまれ、集落の長は首を横に激しく振って答える。

「い、いえ。慈愛深きお方にございます」

納得がいかなかったカウィンは、集落の住民からも和也についての情報を引きだそうとして……


気づくと、リゾート地を堪能して二日経っていた。

カウィンはコーヒー牛乳を一気飲みしてから告げる。

「それにしても、このコーヒー牛乳は美味いな。ここは部下達の療養に最適かもしれん。和也殿は強いだけでなく、エンシェントスライム、スレイプニル、我らの不倶戴天の敵であるリザードマンまで従えているらしいな。ならば、ますます会うのが楽しみだ。おい、出発するぞ。飛竜のスピードがあれば、すぐにでも追いつけるだろう」

カウィンの命令に、近くにいた部下が応える。

「はっ！　全員騎乗しろ！　出発するぞ」

カウィンは長に感謝を伝える。

「長よ。もてなしご苦労であった。後ほど魔王様より感謝の言葉があるだろう。行くぞ！」

続けてカウィンは、今後も療養中の部下達がやって来るので迎えてほしいと伝えた。

それからカウィン達は飛竜に乗ると、そのまま飛び去っていった。


集落の者達は、嵐のように過ぎ去っていったカウィン一行に唖然とした視線を向けていた。

一人の若者が長に告げる。

「そういえばカウィン様は、和也様に関してほとんどなにも聞かれませんでしたね。コーヒー牛乳は美味しいと言われましたが……」

「風の四天王様は気分屋と言われておる。リゾート地の素晴らしさに、用事を忘れられたのだろう。それより、我らはカウィン様の部下殿を迎える準備をするぞ。予約されたお客様第一号だから気合いを入れるように」

長の言葉に、住民達は改めて心を引き締めるのだった。

11. 和也は魔王城に向かってない？

和也が集落から旅立ってから一週間が過ぎた。

その間、和也は街道から外れた森に入ってはキャンプをはじめたり、途中に休憩所を勝手に作ったりなど好き放題していた。

そんなある日のこと、和也は手の上にある種を嬉しそうに見つめている。

「この辺りはいいところがたくさんあるねー。自然はいっぱいだし、面白い物も採れるし、ほら、この種なんて磨いたらキラキラになるんだよ！」

目を輝かせてそう言う和也に、スラちゃんは「私はその果実の臭いに、卒倒しそうになりましたよ。それに、触ったときに付いた果肉をどうしようかと思いました」とイライラした感じで伝え、「……ですが、これほどきれいな種だなんてビックリですね。そこに気づくなんて、さすがは和也様です」と興奮して触手を激しく動かした。

和也の手には、大小様々な種が載っていた。

種ごとに模様が違い、和也が言うように磨き上げると光沢が出る。アクセサリーとして大いに活用できそうな種だった。ちなみにその果実は、臭いのために魔族達からは忌み嫌われていた。

和也は嬉しそうに、みんなに向かって言う。

「種はまだまだいっぱいあるから、みんなで集めるよー。そのあとはお風呂を作ってきれいさっぱりするのだ！　で、お風呂製造部隊はというと――え？　スラちゃん1号がするの？　どうしてもお風呂を作らせてほしいだって？」

スラちゃん1号は、身体に付着した果実が気になっていた。それで、種を集めるのではなく、お風呂作りをさせてほしいと懇願したのである。

和也は、スラちゃん1号が珍しく自分についてこないことに驚いたが、軽く頷いて了承すると、種の収集に向かうのだった。

「それにしてもいっぱい採れたねー。今日はこの辺で採取を終わらせようかな。ご飯を食べないとねー。あれ、ルクアさん、なんでそんなに離れていくの？」
ルクアは、和也に対して一定の距離を保っていた。
「気にしないでくださいませ、和也様。まずはお風呂に入ってきれいになりましょうね。ええ、そうしていただければと思います。ねえ、スラちゃん1号様もそう思いますよね？」

ルクアに問われたスラちゃん1号は、「和也様のお身体はかなり汚れていますから、早くお風呂できれいにしてください。あと、こちらも持っていってください。お風呂から上がったら、必ず付けてくださいね。本当に！　絶対に！　確実に付けてくださいね！」と念を押して和也にとある瓶を渡した。

和也は瓶を手に首をかしげる。

「なにこれー？　えー臭い取り？　……俺ってそんなに臭いのかな？　俺は気にならないけど――少しでも臭わないほうがいいから付けてほしいって？　スラちゃん1号がそこまで言うなら！」

ルクアとスラちゃん1号は和也からだいぶ離れており、身振り手振りを交えて、その意図を伝えていた。

その後、和也はみんなに向かって言う。

「じゃあ、お風呂で流しっこするぞー」

「にゃふー」

「きゃううう！」

「きしゃー」

じつはみんな、種にこびり付いた果肉から放たれる悪臭に辟易としていた。和也とともに種を採取していた者達はずっと耐えており、和也の「お風呂」発言に歓声を上げたのだった。

お風呂では、和也の全力グルーミングが振る舞われた。

お風呂から出たあとは、スラちゃん1号が作った消臭剤を身体に振りかけ、みんなは爽(さわ)やかな芳香を漂わせるのだった。

ようやく、和也達は街道を進みだした。

「もうそろそろ魔王城に到着したりしない？」

「いえいえ。まだ、魔王城までは距離がありますわ。先ほどまでいたところは魔王様直轄地でしたので、領主はおりませんでした。ですが、この先は領主が治めておりますので、先触れを出す必要がありますわ。なお、マリエール様より『和也殿を留めるのは、一泊のみとせよ』との通知が出ております。もてなされるようなことがあるとしても、ずっと留められることはないかと思いますよ」

「……へー」

ルクアからそう説明され、和也は感心するように頷いた。

和也は、魔王領はすべて魔王が治めていると思っていた。領主のような存在がいるとは思っていなかったのである。

「でも、よかったねー。プレゼントを大量に用意しておいたから、これから会う領主さん達に渡せるねー」

「え？　プレゼントを大量に用意しておいた……ですか？」

「そうなんだよ！　こんなこともあろうかと……」

　和也が、魔王が聞いたら引きそうなことを言おうとした瞬間――


「やっと見つけたぞ！」


　上空から大声が響いた。

「すごい！　竜に人が乗っているねー。無の森で最初に見たドラゴンさん達かな？」

　のほほんと見上げる和也。

　そんな呑気な彼に、四天王の一人である風のカウィンは鋭い視線を向けた。和也はさておき――その周りを固める部隊を見て、カウィンは息を呑む。

　カウィンが自分の部隊にほしいと思うほど、それらは整然と統制されていた。その一方で、緊急の際は、即座の対応ができるほど機動性があるのもわかった。

カウィンは改めて、泰然自若に見える和也の姿に視線を移す。

和也は、カウィンに興味深そうな視線を向けており、隙だらけにしか見えない。

だが、彼が騎乗しているのは神獣スレイプニルである。

カウィンは神獣を初めて目にして驚き、そして理解した。和也は周囲を警戒する必要すらないのだと。

カウィンは誰にともなく一人呟く。

「……あれほどの魔物を従えていればこその余裕ということか。仮にこちらから総攻撃を仕掛けても、神獣は主人を守りながら反撃をしつつ、危険を感じれば悠々と逃げていくだろうな」

否が応でもそう理解させられるのは、神獣から発せられるその威圧感のためである。カウィンはすでに戦慄を覚えていた。

上空にいるカウィンの部隊を警戒しているのは、スレイプニルだけではない。

周囲の獣人部隊もそうであり、彼らの持つ武器は神々しいほどの魔力を放っていた。その切っ先を向けられているだけでも凄まじい圧力を感じる。

カウィンの部下達もそれを感じ取っており、完全に空気に呑まれていた。ちょっとしたきっかけで、なにかが暴発しそうな一触即発の状況である。

「頼むから暴走してくれるなよ」

普段なら自ら突撃するタイプのカウィンだが、今回はそうはいかない。なまじ戦力差を理解できるだけに、いつもとは違って冷静にならざるをえなかった。

そんな空気を霧散させるように、気の抜けた声が発せられる。

「ねー。マリエールさんのお友達なのー?」

その和也の言葉に、和也の周りを固めていた部隊の威圧が一瞬で緩まる。

威圧がなければ答えられるだろう——そう言わんばかりの視線が、カウィンに向けられる。

カウィンは声が震えないよう注意しながら、声高らかに答える。

「我らは魔王マリエール様配下の空挺部隊である。私は部隊を率いる長であり、また風の四天王の名を魔王様より賜っているカウィンと申す! そちらは和也殿で間違いないであろうか! お答えいただきたい」

当初、カウィンは完全に和也達のことを舐めきっていた。そうした態度を、四天王筆頭フェイから注意されたが、自らの強さを過信するカウィンは聞き入れなかった。

しかし、まさか視線を向けられただけで、今まで築き上げた自信が木っ端微塵にされるとは………

カウィンの見立てでは、スレイプニルであるホウちゃんだけでなく、獣人を率いるイーちゃんやネーちゃんとも実力の差があった。

すでにカウィンは高圧的でなくなり、声こそ大きなものの、丁寧な態度となっている。

和也はのほほんと答える。

「そうだよー。俺が和也だよ！　ちょっとさ、見上げていると首が痛くなるから下りてこない？　ちょうど俺達も休憩しようと思っていたんだよ。ゆっくりご飯を食べながらお話ししようよ。ねえ、スラちゃん1号もそう思うだろ？」

するとスラちゃん1号は「ええ、そうですね。少しお時間をもらえれば用意できますよ。そちらの隊長さん達も下りてきてくださいね。そして下りたら、すぐに武器と鎧は外してください。そんな完全装備のままだと……怖くなって思わず襲ってしまいますわ……」と触手を動かして威圧するが——空挺部隊の面々には言葉の詳細までは伝わらない。

「な、なんだあれは！」

「この威圧感、今までの比じゃないぞ！」

「カウィン様！　撤退したほうが……」

「ばかっ！　逃げられるような状況じゃないだろう」

和也の背後から現れたスラちゃん1号を見て、カウィンの部下達がパニックになる。

一方カウィンは、スラちゃん1号だけでなく同じ2号と3号の気配も感じ取っていた。ここでパニックになるのはまずい、そう考えたカウィンは部下達を怒鳴りつける。

「うろたえるな！　和也殿が対話を望まれている！　スライム達を刺激しないようにゆっくりと降下し――」

「スライムじゃなくてスラちゃんだよー」

すかさず和也が頬を膨らませて訂正する。

それを聞く余裕がないカウィンだったが――

「カウィン様！　ルクアです」

馴染みのある声がしたので視線を向ける。そこには、ルクアのほかに、土の四天王マウントの副官センカの姿も見えた。

「おお、ルクア、それにセンカじゃねえか！　お前達が和也殿の案内人か？　マウントはどうした？」

「失礼ですぞ、カウィン殿！　和也様のご指示に従わねばなりません！」

「え？　……セ、センカ？」

センカは和也のグルーミングを受けて以来、和也を盲信する狂信者になっており、相変わらず発言がおかしかった。

ルクアが慌てた様子で、先ほどのスラちゃんのメッセージを通訳する。

「カウィン様。スラちゃん1号さんは『早く下りてきなさい。和也様が首が痛いと言っています。

食事を与えるので、迅速かつ早急に武装解除をしなさい。さもなくば敵性があると判断します』と言われています！　早く下りてきてください！」

それを聞いて仰天したカウィンは、全軍に向かって降下及び武装解除の命令を出した。

その行動が無条件降伏であると気づくのは、武装解除した後、和也達と食事をしながら歓談している最中であった。

❖　❖　❖

「おぉぉぉぉ！　こんなに美味い肉、食べたことない！」
「おい！　俺が焼いていた肉だぞ！」
「ふはははー。油断しているお前が悪いんだよ！」
「ならば。戦争だ」
「ぎゃー！　申し訳ございません。和也殿の肉を取ろうして申し訳ございません。許してくださいスラちゃん1号殿……ぎゃー」

宴会場は、阿鼻叫喚と化していた。

和也のおもてなし料理は、焼き肉であった。用意したお肉は、かつて魔王マリエールさえ絶賛した伝説の肉シリーズである。

じつは最初、カウィン達は少しだけガッカリしていた。

普通の生肉が出されたので、伝説の肉とは気づかなかったのだ。だが、焼かれた瞬間に漂ってきた格別の匂いに一瞬で虜（とりこ）になる。

生焼け状態にもかかわらず奪う者もいたが、スラちゃん1号に優しくたしなめられ、それ以降は和也がＯＫを出すまで誰も手を出さなくなったものの――


「できたってー。さあ食べようわぁぁぁぁ」

和也の声に、カウィン達はいっせいに群がり、和也を弾き飛ばす。

軽い感じで、和也ははるか遠くまで飛ばされていった。

皆、楽しそうにしていたが――和也を吹っ飛ばした魔族と和也が食べようとしていた肉に手を伸ばした魔族は、スラちゃん1号によって拘束され、溶解液をたっぷりかけられていた。

ちなみに、この溶解液は調整してあるため、痛みを感じる程度である。

「うわぁぁぁグロい」

「ああはなるまい」

「和也殿が食べようとしていた肉が焦（こ）げそうだぞ！」

混乱するカウィンの部下達。

和也の食べようとしていた肉がピンチだと聞き、ルクアが声を上げる。

「まずいですわ！　早く救出してくださいませ。スラちゃん1号さんの怒りが再発しますわよ！」

「この不肖センカ、肉を守ってしんぜましょう！」

ちょうどいい食べ時を過ぎようとしていた肉を、みんなで慌てて救出する。

それが上手くいったようで、肉は絶妙な焼き加減に仕上がった。

弾き飛ばされてもなぜか楽しそうにしていた和也が戻ってくる。和也は肉が山盛りになっている皿を目にすると、ハイテンションで食べはじめた。

「相変わらず、こっちの肉は美味しいねー。俺がいた世界では、こんなに美味しい肉を食べたことはなかったからなー。獲ってきてくれたみんなには本当に感謝だよ」

肉に岩塩を振りかけながら、和也はしみじみと呟いていた。

そしてなにを思ったのか――

「いでよ！　万能グルーミング！」

和也は万能グルーミングでブラシを作りだすと、近くにいた者から次々とブラッシングをはじめた。

無の森に住む者達は急にグルーミングされるのも慣れたものだが――はじめて受けた者達にとっ

ては衝撃的だった。

「なんだこれは！」

「肉食っている場合じゃねえ！」

「あれ？　スラちゃん1号殿の言葉がわかるようになったぞ？」

「お前も？　俺の空耳（そらみみ）じゃなかったんだな」

和也からグルーミングを受けた者達は驚愕していた。スラちゃんやちびスラちゃんの言葉がわかるようになっていたのである。

あまりにも素晴らしい和也のグルーミングに、肉を食べるのも忘れて感想を言い合うカウィンの部下達。

そんな中、我関せずのスタンスで一人肉を食べている者がいた。

カウィンである。

「すべての肉を食い尽くすぞ」

しかし、そんなカウィンにも和也の手が迫る。

「ふっふっふ。カウィンさんを最後に残していたんだよねー。食べながら、俺の『本気グルーミング』を受けるがよい！」

和也はカウィンの背後から近づき、そのまま一気にブラッシングをはじめる。

カウィンの身体は鳥の羽毛のようになっている。和也は生まれてはじめての手触りに感動し、一心不乱にブラッシングし続けた。

「ちょうど毛づくろいをしようと思っていたので助かります。でも和也殿にそのような――」

最初はカウィンにも余裕があったものの――

「うぉぉぉ！　な、なんだコレは！　魔王城にいる最高のトリマーでも、ここまで気持ちよくはないぞ！」

和也のブラッシングテクニックに肉を食べる手が止まり、絶叫してしまう。

その一方で、カウィンはブラシを入れられるごとに身体から力が溢れてくるのを、しっかりと感じ取っていた。

和也の本気グルーミングは、創造神エイネから与えられた力を遺憾なく発揮していた。

なお、普通の魔族が和也の「本気グルーミング」を受けたなら、その気持ちよさに我慢できず気絶して終わるという。

だが、さすがはカウィンである。彼は和也の「本気グルーミング」を受けつつ意識を保ったまま、さらには食事を続けていた。

カウィンは、四天王として認められるほどの高い能力を持っている。それにより和也のグルーミングを耐えきったうえに伝説の肉を食べ続けることで、通常では考えられないほど一気にレベルアップしていった。

「ぬおぉぉぉぉ！　身体から力が満ち溢れてくる！　これが和也殿のグルーミング効果か！　素晴らしすぎる！　スラちゃん1号殿をはじめ、一騎当千の者が多いのも頷ける。肉も無限に食べられるぞ」

その発言に、スラちゃん1号が反応する。

「やっと和也様の素晴らしさがわかったようですね。それにしても、無限に肉を食べられるですって？　舐めないでもらいたいですね、マウントさんと部下達を撃沈させた我が軍の物量を。ちびスラちゃん達、馬車から大量の予備食材を投入するのです」と身振りで伝え、スラちゃん1号はカウィンの挑戦を正面から受けるのだった。

「うぇっっぷ……もう無理です。ごめんなさい。生意気なことを言いました。いや、本当に無理ですから！　無理やり肉を詰め込ま……いやぁぁぁぁぁ」

ちびスラちゃん達に肉を次々と詰め込まれているカウィンが、半泣きになりながら懇願している。

そこには四天王の威厳はなく、もはやカウィンは弱りきった魔物にしか見えない。

こうして火花を散らしたスラちゃん1号とカウィンの食事対決は、圧倒的物量で押しきったスラちゃん1号の圧勝で終わった。ちなみにその間も、和也はカウィンの翼を満喫しつつグルーミングを続けていた。

カウィンの周りでは、彼の部下達も肉の山に撃沈して横たわっている。

「うう……もうだめです」

「お願いします。水ください」

「俺はまだ……んだ……」

「これが無の森に住む者達の力か……」

そんな光景にスラちゃん1号は呆れ、「魔族の方はどうして、無謀(むぼう)な戦いを挑んでくださるのでしょうね？ 私達が和也様と出会って、どれだけ狩りをしてきたと思うのです」と触手を動かした。

そこへ、空挺部隊達に怪しい影が近づいてくる。

そう、和也である。

彼は油断しきっている空挺部隊達に音を消して近寄ると、万能グルーミングで埃取(ほこりと)り用の粘着力が弱いガムテープを作りだした。そして、ササッと巻きつけていく。

「隙あり！ うりゃぁぁぁぁぁ！」

突然、グルグル巻きにされたガムテープを勢いよく剥がされ、コマのようにくるくると回る空挺部隊達。

「にょひゃぁぁぁ！」

「はうわぁぁぁ」

「むふぁぁぁ」

「ひょおぉぉぉ」

回転が終わる頃には、毛羽立っていた体毛はきれいになって光り輝いていた。

その姿で街を歩けば同族の異性が目を輝かせ、群がることは間違いないほどに男前（？）になっている。

「「「「うぇぇぇ」」」」

だが、全員気持ち悪そうにして、地面に横たわる。彼らが食べすぎでなければ完璧だった……かもしれない。

お腹がはちきれんばかりに食べて動けない一同へ、ガムテープを巻きつけてのコマ回しだったのだから、ひどい扱いである。

彼らは自分達が身ぎれいになったことすら気づかず、ただ吐きそうになっていた。

やっちゃった？　との惚けた表情を浮かべる和也。

スラちゃん1号が、和也を触手で押さえつける。

「あれ、拘束されているの？」

スラちゃん1号は「和也様。お腹いっぱいの者達を回したら、気持ち悪くなってしまうでしょう。もっと優しくしてあげないと。回さずに少しずつ毛羽立ちを直してあげてくださいね。あなた達は胃薬を呑んでおきなさい」と空挺部隊達に胃薬を渡し、部屋の隅で休憩するように伝えた。

「ありがとうございます。今度は負けません！」

空挺部隊達の一人はそう言った。どうやら魔族としての矜持があるらしかった。

とはいえ、彼も次も負けるとわかっていた。

スラちゃん1号は妙なフラグを立てる魔族達に苦笑しつつ、ちびスラちゃんに魔族達の世話をするように命じるのだった。

「カウィン様はなにしに来たの？」
「マリエール様に言われて、出迎えに来たのでしょうな」
ルクアとセンカが話し込んでいる。
二人の視線の先には、ちびスラちゃんに介抱されているカウィンと空挺部隊がいる。彼らは全員、お腹を膨らませて呻きながら転がっていた。

「パーティーをして、肉の山を前に撃沈するのが魔族というもの――と、和也様に思われても仕方ないですわね。前にも似たようなことがありましたし」

ルクアが苦笑しながら言うと、センカが真剣な目をして話す。

「まあ、和也様の偉大さに気づくきっかけになるので、私としては問題ありませんが。しかしなぜ、和也様の偉大さに気づかないのか！　……おっと！　そういえば、私はグラモと一緒に『和也様聖典』の四章原稿に取りかからないといけませんので、失礼しますぞ」

「ちょっと待って！　どこからツッコミを入れたらいいんですの？　『和也様聖典』？　しかも第四章までありますの!?」

途中まで普通の会話をしていたルクアとセンカだが、「和也様聖典」なるワードが出てきたあたりから雲行きが怪しくなる。ちなみに「和也様聖典」の製作には、スラちゃん1号の許可が出ているとのこと。

センカはため息混じりに言う。

「はあ、ルクア様は『和也様経典』も見たことないと？　なんと嘆かわしい」

「さっき『聖典』と言ってましたわ！　なぜ『経典』になってますの!?」

「はっは。単に二部構成になってるからですよ。『聖典』を見る前に『経典』を把握せずに読めるとでも？　つまり『経典』が先。『経典』からお読みになってください。ちなみに『経典』を受け取るためには、協会に入る必要があります。いやしかし、ルクア様は運がいい。先日の募集で枠は埋まったのですが……私は『経典』と『聖典』の作者です。特別にルクア様の入会を許可しましょう」

やばそうな内容を、怒涛の勢いで話すセンカ。

しかし、ルクアは圧倒されたまま何度も頷いていた。すでに洗脳されつつルクアは、今なら「幸福の壺を購入する必要がある」と言われても買いそうであった。

ルクアが目を輝かせながら協会に入る資格を確認すると、センカが答える。

「資格は、和也様からグルーミングを受けたことがある者です。ルクア様はすでに条件を満たしておりますので問題ありません」

「それは僥倖ですわ！　あとは書類にサインをするだけですわね。ちなみにどれくらい会員がいますの？　当然ながら大人数となりますわね？」

サインを書こうとしながら確認するルクアに、センカはなぜか気まずそうな顔をして視線をそらす。

疑問に思ったルクアが詰め寄る。

「センカ？　人数の確認をしていますのよ？」

「……三人です」

そのセンカの答えに、ルクアは我に返った。

センカは慌ててルクアの書いた書類をひったくると言い訳する。

「いや！　これからの組織なのですよ！　和也様については色々な協会、組織、会合、宗教までありまして、私とグラモとルクア様で盛り立てるのですよ！」

「グラモとあなたで二人ってことは、私を入れて三人ってことなのですの⁉　ちょっと退会方法を教えなさい！」

「そんな！　一緒に盛り上げましょうぞ！」

「嫌ですわ！」

先ほどまで意気投合していたはずの二人だったが、言い争いをはじめるのだった。

12. 待っている魔王城の面々

「ふんふふーん」

公務が休みの日に、マリエールから呼びだしを受けたフェイ。それにもかかわらず、フェイはなぜか機嫌がよかった。

魔族達の投票で決まる「私服姿で微笑(ほほえ)んでくれたら最高ランキング」において殿堂入りを果たしているフェイ。

普段着は可愛い系が多く、今日の服は白地のフィッシュテールのワンピースで、ヘムラインには花柄のレースが編み込まれていて、とにかく可愛かった。

ワンピースの下に着ているペチコートスカートにはフリルがふんだんに使われ、ゆるふわな感じが普段の凜々(りり)しさとギャップを感じさせる。

さらに、手に持つクラッチバックはこれまた可愛さ重視であり、お忍びの貴族が町娘を装っているような、身近でありつつもちょっと高貴な雰囲気を振りまいていた。

街ですれ違ったら、思わず振り返って見てしまう――そんな可愛さがフェイの私服姿にはあった。

そんないつもとは違う可愛いフェイが魔王城にやって来ており、魔族達は遠巻きに眺めながらひそひそと話していた。

「今日は休みのようだな、フェイ様は」

「本当に可愛らしくて素晴らしい」

「あんな彼女がいればなー」

「ばか！　見た目の可愛さに騙(だま)されるなよ。俺は消し炭(けずみ)になった友人を知っているぞ」

「それは浮気したからだろ？」

「いやいや。それでも消し炭はだめだろ」

「あの強さがなければ完璧なのに！」

魔族達の陰口がフェイの耳に届いていないのは、魔族・フェイ双方にとって幸せであった。

もし、フェイが今の会話を聞いていたなら――血涙を流しながら極大魔法を連打していたことであろう。

かくして、第四十八次魔王城破壊事件は未然に防がれたのであった。


フェイは機嫌よくマリエールの私室の扉をノックする。

そうしてウキウキした感じで入室してきたフェイに、マリエールは尋ねる。

「ねえ、カウィンから連絡はあったか知らない？」

「は？　知りませんよ。そんなことで私を呼びだしたの……冗談でしょ？　これからデートなのよ」

一瞬、フェイの顔が曇ったが、すぐに先ほどのゆるふわな感じに戻る。

「まあ、今日の私は、おおらかな心で許してあげるわ。前に面接した子鼠族の子がいたでしょ！

その子から食事の誘いがあったの。『ぜひともフェイ様と今後の話をしたいと思っています！』

だって？　もうこれは脈ありだよね」

ルンルンという擬音が聞こえてきそうなほど、フェイの表情は笑顔で満ち溢れていた。そこからは幸せオーラしか感じない。

とはいえ、マリエールは当然の疑問を差し挟む。

「え、脈ありと言っていいの？　フェイとお茶しながら軽い感じで雑談するだけだよね？」

表情が再び曇りそうになったが、フェイは首をかしげて不思議そうにする。

「デートだよ？　なにを言っているの？　それから逢瀬を重ねて関係を深めるでしょ。そして、幸ある未来のことを語り合うの！　夜は夜景が見えるレストランで、用意した指輪を手に彼はこう言うの、『僕と君とでは身分が違いすぎる。でも！　四天王筆頭と呼ばれている君であっても！　僕の気持ちは止められないんだ！　どうかフェイ、僕と将来を一緒に歩んでくれないだろうか』と！」

「……へー、それはすごいですねー。まだ付き合ってもいないのにねー」

もはやマリエールの相づちは棒読みになっていた。

勝手に妄想が進み、テンションが変に高くなっていくフェイを眺めながら、マリエールは自分で紅茶を淹れると、戸棚からクッキーを取りだして机の上に並べた。

フェイの妄想はさらに加速していく。

「そして私は『ええ。身分の差なんて気にしなくていいわ！　私の側にいてくれるだけでいい。あなたに敵対する種族は、私が殲滅するわ』と笑顔で言うの」

「怖っ！　やめてよね。フェイならできるから怖い！」

「それを聞いた彼は笑顔で『そうだね。なら僕も君に敵対する者をやっつけるよ』と言ってくれるの！　四天王筆頭である私に向かってよ！　どうしよう。そんなことを言われたら、もうすべてをなげうって彼についていくわ」

「すごいですねー」

そう言いつつ、紅茶とクッキーを楽しむマリエール。

話の途中でメイドが居室に入ってきたが、妄想の世界に入りきっているフェイは気づかない。

フェイに憐憫の視線を向けるメイドに向かって、マリエールは首を縦に振って「そっとするように」と伝える。

「結婚式ではマリーが祝辞をくれるの。『我の右腕を奪っていくのだから、来世でもお互いを見つけて幸せになるのだ。そのための呪言を授けよう』って！　きゃあきゃあ。なに！　呪言なんて素晴らしいものをプレゼントしてくれなんて！　そして、彼は目を潤ませながら『もちろんです！彼女のすべてを守り、呪言のお力になど頼らずに添い遂げます』と言ってくれるの」

「へー。ほー。わたしもすごいですねー」

妄想で結婚式まで挙げていたフェイに呆れつつも、マリエールは棒読みで相づちを入れた。

「でねでね！　それから新婚旅行は竜族が棲まう危険地帯近くの領地に行くの。『危ないところに君を連れていくけど、景色が素晴らしいんだ。大丈夫。僕が全力で守る！』ですって⁉　子鼠族のあなたが四天王筆頭である私を守るなんて！　あなたの気持ちだけで世界征服できるわ！」

マリエールはメイドを下がらせると、魔道具を使い文官に資料を運ばせた。そうして仕事をしながら、フェイの妄想に淡々と相づちを打つ。

資料を運んできた文官達はフェイを見て小さくため息を吐き、「またか」と呟いて去っていった。

「ねえ、聞いてよマリー。彼が『まずは男の子から』だって。我が家は男や女に関係なく実力で領主を決め——待って！」

突然叫んだフェイに、文官は身をすくませたが、マリエールは「気にしないように」と首を横に振る。

そしてため息混じりにフェイに問う。

「今度はなに？」

「子育てには育児休暇が必要よね？　彼との間に子供ができたら申請してもいい？」

「心底どうでもいいけど。いっそのこと、休み続けたらいいわ」

「ありがとうマリー！　さすがは歴代最強魔王様ね！」

その後、フェイの独演会は三時間ほど続いた。

呼んだことを心底後悔したマリエールは、「そろそろデートの時間では？」と伝えてフェイの会話を無理やり終わらせた。

「大変！　さっさと行くわ。明日は幸せすぎて休むかも！」

「ええ。健闘を祈るわ」

「ありがとう！」

元気よくフェイは出ていった。

幸せそうな後ろ姿を見送りながら、マリエールは文官に「明日の予定を変更するように」と命じた。

そして、一人小さく呟く。

「本当に、真剣に、心の底から、上手くいくことを、創造神エイイネ様に祈っておいてあげるわ」

そして翌日――どころか、三日ほど休んでからフェイは登城した。
マリエールが半分呆れながら休んでいた理由を尋ねると、フェイは目を腫(は)らして涙の跡が残った

顔で、嗚咽を混じえながら話しだした。

「うぇえええ、えーん。本当に話を聞きたかっただけなんだっでぇぇぇ。『フェイ様を尊敬しております！』『妻にも、フェイ様を見ならってきれいになるようにと言っています』だって！　きれいだって言ってくれたー」

「よしよし。それはツラかったねー。でも、出勤して早々に提出した『子鼠族を竜族に強制特攻させる作戦』は却下だからねー」

「うぇぇぇぇん」

思いだしては、さらに号泣するフェイ。

マリエールはフェイを慰めながら、こんな状況のときに和也殿がやって来なくてよかったと胸をなで下ろすのだった。

13．え、まだ宴会中なの？

「和也殿にグルーミングされたら超元気になったじゃねえか。これからも頼む……い、いえ、和也殿にグルーミングしていただけたおかげで超元気になりました。これからももしよろしければ、この私めにグルーミングしてくださると幸いです」

ぶっきらぼうな感じで和也にお願いしそうになったカウィンを、スラちゃん1号は威圧し、「和也様のご慈悲によるグルーミングなのですから、よく考えて発言してくださいね」と触手で肩を軽く叩いた。

「だめだよー、スラちゃん1号。カウィンさんとは友達になったんだからねー。ため口でも大丈夫だよ。マウントさんもくだけた口調で話してくれるからね。ちなみにマウントさんには、無の森で料理長に就任してもらう予定だよ！　やっぱ、頼れる友達っていいよね」

和也から友達宣言されたカウィンに、スラちゃん1号は不本意そうに近づき「限度はありますからね」と伝えた。

カウィンは焦ったように口にする。

「だ、大丈夫ですよ！　スラちゃん1号殿の言葉はしっかり覚えましたから……あの殺気は本気だよな？　それで和也殿。マウントが料理長？　あいつは無の森で人族側に砦を作っていると聞きましたが……それにしてもマウントが料理だって？　はい？　各支店も出店計画中ですって？　ぷっ！　ふははははっはっは！　じゃあ、俺は魔王城から無の森へと食材を運びましょうかね？」

「おおー。まさかこんな簡単に物流が整うなんて！　これは魔王城にも支店が出せそうですな。儲けの匂いがしてきましたでー。カウィンはん。お互い仲ようしましょうやー」

マウントがエプロン姿で料理をしているのをイメージし、大笑いするカウィン。そして、なぜか怪しい関西弁で「これは儲かりまんでー」と叫んでいる和也。

ちなみに宴会はまだ進行中である。


それからしばらくして——

和也はお酒を飲んでいるカウィンに向かって、気楽な感じで尋ねる。

「その翼って本物？　カウィンさんは空を飛べるの？」

カウィンは一瞬考え込んでから答える。

「飛ぶというのは難しいですが、高いところから滑空はできます。まあ、そのための翼だからなー。一人くらいなら、俺の身長程度の高さまでは持ち上げられるかな？」

少しでも空が飛べると聞くやいなや、和也の目が急激に輝きだす。和也はさっそく両手を広げて目を閉じ、受け入れ万全の体勢になった。

カウィンは嫌な予感を覚えつつ、和也に確認する。

「ひょっとしなくても、両手を広げているのは、和也殿を連れて飛んでほしいとのお願いかな？」

「いえす、あいきゃんふらい！　カウィンさんの力を借りてだけどねー」

両手を差しだし、満面の笑みを浮かべる和也。

スラちゃん1号は「わかってますよね？」との感じで、いつの間にやらカウィンの背後で上下左右に弾んでいた。

「いや、和也殿の体重だと持ち上がら――ひっ！　い、いえ！　喜んで運ばせてもらいますよ」

カウィンが慌てて断ろうとすると――しょんぼりとした和也の顔を見た瞬間にスラちゃん1号からの威圧が膨れ上がった。

カウィンはスラちゃん1号の威圧を受けて膝から崩れそうになったものの、四天王の意地で耐える。

そして結局、飛ぶことになった。

カウィンは和也の両腕を持つと、勢いよく翼を動かす。

翼を持つ種族とはいえ、人間一人を担ぎ上げるのは至難(しなん)の業(わざ)。そのことを知っている同族の部下達は、酒を飲むのをやめて応援をはじめた。

「頑張れ、隊長！」

「できる！　隊長ならいける！」

「俺は無理なほうに銀貨一枚！」

「ばっ！　そこは応援しろよ。俺はできるほうに銅貨一枚」

「なんで銅貨なんだよ！　できないと思ってるだろ。俺ならできるほうに銅貨五枚だ！」

部下が賭けをはじめたことにムカつきつつも、覚悟を決めたカウィン。彼は顔を真っ赤にして、全力で翼を動かした。

「てめーら覚えていろよ！」

カウィンはそう叫ぶと、ふと和也の顔を見た。その顔はワクワクしており、カウィンは和也の期待に応えるためにも、さらに気合いを入れて勢いよく翼を動かす。

和也は、足が少しずつ浮いていくのを感じた。

「おお、浮いているよ！　カウィンさん。頑張って！　おおー。少しだけ上がったよー」

カウィンの頑張りで、なんと五メートルほどの高さまで上がった。しかし、和也から「少しだけ」と言われたことで消沈し、思わず力が抜けてしまう。

そして、掴んでいた和也の両手を放してしまった。

「やばっ！」

落下する和也。

悲鳴を上げる空挺部隊達。

思わず目をつぶった和也だったが――いつまで経っても痛みが襲ってこなかった。和也が怖々と目を開けると、青い身体が見えた。

「スラちゃん1号が助けてくれたんだね！」

スラちゃん1号は「ご無事ですか？　……よかった。怪我はないようですね。楽しめましたか？」と安堵したように触手を動かす。

スラちゃん1号は和也の身体を隅々まで確認すると、怪我がないことがわかりホッとした様子を見せる。

スラちゃん1号がゆっくりと和也の身体を地面に降ろすと、慌ててカウィンがやって来た。

「和也殿！　ご無事ですか⁉」

「大丈夫だよー。スラちゃん1号がクッションになってくれたからね」

「よかった……怪我がなくて安心しましたが……」

大丈夫だとわかると安堵のため息を吐いたカウィンだったが、なにかを悟ったかのような表情を浮かべて肩を落とす。

カウィンはスラちゃん1号の説教を受ける準備をはじめるのだった。

「おい！　いいか、お前たち。飛び上がった際は絶対に和也殿を放すなよ！　そして万が一にでも手放したときは自らがクッションとなれ！　たとえ命を落とそうとも守るんだ。じゃないと、じゃ

ないと……」

スラちゃん1号からお説教を受けたカウィンは部下達にそう伝えると、次第に青白い顔になり、白目になってブツブツ言いだした。

そんな上司の様子にカウィンの部下達は困惑し、なにが行われたのかとスラちゃん1号に目を向けるが——「なにか？」とスラちゃん1号から無言で圧力をかけられた。

大きく首をブンブンと振るカウィンの部下達。

「次は誰がしてくれるのー？」

能天気な和也の発言に、カウィンの部下達が目をそらす。

自分達より圧倒的に能力が上であるカウィンですら、あんな結果になったのである。自分達では持ち上げることすらできないとわかっているが——

和也は期待に満ちた目をしていた。

カウィンの部下達は大きくため息を吐くと、集まって相談をはじめる。

「おい、どうすんだよ？」

「お前ならできるか？」

「無理に決まってるだろう。カウィン様でもあの状態なんだぞ」

「そうだよ。次に落としたら廃人(はいじん)で済めばラッキーだぞ？」

「諦めてもよいんじゃないか？」

話し合いに和也が参加してくる。

「スラちゃん1号をクッションにして危なくないようにするから大丈夫だよ」

「「「「……余計安心できねえよ！」」」」

小声で和也には聞こえないようにツッコミを入れる空挺部隊達。そんな様子を遠くからずっと見ていた者がいた。

キラービーの女王である。

彼女はふよふよと音を立てて飛んできて、和也に説明した。

「どうかしたの？　え？　空を飛ぶのは、この方達では難しいだって？　ああ、そうか。進化の過程で翼が退化しているんだね。にわとりさんと一緒か。ごめんね。カウィンさん達」

和也が言った「にわとりと一緒」の意味はわからなかったが、できないことを理解してもらえたようで、ホッとする空挺部隊達。

しかし、自分達のほうを見てキラービーがドヤ顔をしているのを目にしてムッとしてしまう。

魔族の矜持（きょうじ）を刺激された空挺部隊の面々はその場をいったん離れると、飛竜を連れて戻ってきた。

「和也殿！　この子なら和也殿を連れて空を飛べますよ。ちゃんと調教もしていますから、振り落としたりもしません」

「そうなの？　ちょっと乗って——どうかしたの、スラちゃん1号？」

連れてこられた飛竜を見て嬉しそうにしていた和也だが、スラちゃん1号が触手を動かし、和也が乗ることに反対する。

「和也様が乗るのは、ホウちゃんか馬車と決まっております。どうしても飛竜に乗るとおっしゃるなら、私も一緒に乗ります」と鼻息荒く伝えてくるスラちゃん1号。

「当然じゃん。俺が空を飛ぶなら、そのときはスラちゃん1号も一緒だよー。ふらいんぐまいうぇいだよー」

和也の言葉は飛竜にはわからないはずだが、飛竜は「スラちゃん1号も一緒に乗る」という言葉に震えはじめる。空挺部隊の飼い主が何度なだめてもだめであった。

怯える飛竜を見て、和也は別案を言う。

「じゃあさ。空を飛んでいるところを見せてよ」

飛竜はホッとした様子になり、震えるのを止めた。

そんな飛竜に和也は、万能グルーミングでブラシとバケツを作りだし、グルーミングをはじめる。

突然ブラシでこすられた飛竜が鳴き声を上げたが——やがて身体を横たえて腹を見せる。

「このゴワゴワ感がたまりませんなー。これだけ大きいならグルーミングのしがいがありますなー。

全員にするからどんどん連れてきてよー」

空を飛びたかったのを忘れて、和也は飛竜のグルーミングを続ける。

十体のグルーミングが終わった時点で、スラちゃんがやって来て「和也様。一気にグルーミングされてしまうと、あとが大変なのですが」と触手を動かす。

和也はキョトンとした顔になる。

「なんで？　グルーミングは楽しかったよ？　――ああ、そっか。ここで飛竜さん達がくつろいじゃったら、みんなの寝る場所がなくなっちゃうね」

和也が飛竜にグルーミングをしたのは、宴会場の一角。飛竜達はあまりの気持ちよさにその場で眠ってしまっていた。それが十体ともなれば、かなりのスペースになる。

寝床にする予定だった場所は、すでに飛竜によって占められていた。

「うーん。じゃあ、俺達は森の中で寝ようかな。それとも、スラちゃん1号にいい案があるの？」

スラちゃん1号は「森を切り開いて、寝られる場所を確保しましょう。空挺部隊の皆さんも手伝ってくださいますよね？」と上下に弾みながら空挺部隊に近づく。

「「「「イエッサー！」」」」

空挺部隊は勢いよく立ち上がり、敬礼すると斧を持ちだした。

さっそく木を次々と伐採していくカウィン達。なぜかテンションの高い彼らによって、かなりの森が伐採されていった。

「もうこれ以上は伐採できません」

「俺、この伐採が終わったら眠るんだ」

「俺は風呂入りたい」

空挺部隊の面々は、うつろな目でブツブツと呟きながら木を切り続けていた。木を切るだけで弱っている不甲斐ない部下達に、カウィンは檄（げき）を飛ばす。

「お前ら！　もっと根性出せよ！　それでも精鋭の空挺部隊の隊員か！」

すると部下達は、カウィンにいっせいに白い目を向ける。

「この流れになっているのは、隊長が和也様を空から落としたからでしょうが！」

「和也様を抱えてあれだけの高さまで飛べたのは尊敬しますが、張りきりすぎでしょ」

「早く終わらせて飯食いてー」

「だから俺は眠いって」

最初は部下達もテンション高く伐採をしていたが、さすがにやさぐれはじめていた。

そんなとき、和也が飲み物を持ってやって来た。彼の背後にはスラちゃん1号がいる。一同は敬礼をして、彼らを迎え入れた。

「わー。すごい。きれいな敬礼だね。お疲れ様ー。冷たい飲み物を持ってきたよー。お酒じゃないのは許してね」

和也から手渡されたコップには果実水が入っていた。その飲み物は、カウィン達の疲れた身体を存分に癒してくれた。

さらに宴会で残った料理をお弁当として渡してくれた和也に、一同は崇拝するような眼差しを向ける。

「俺は和也様についていくぞ！」

そう宣言したのはカウィンである。部下達はそんな上司を見て苦笑していた。

和也は伐採が完了した周囲を見て何度も頷くと、スラちゃん1号に尋ねる。

「これだけ広かったら、もう大丈夫じゃないの？」

スラちゃん1号が「そうですね、問題なくカウィンさん達全員が寝られそうですね。あとは私達が寝る場所を作っておきますので、カウィンさん達はお風呂で汗を流してきてくださいな」と触手を動かす。

それからスラちゃん1号は、近くにいたちびスラちゃん達に号令をかけ、次にやるべき作業を指示しだした。

ちびスラちゃん達は積み上げられている木に近づき、枝や皮を除去していく。そして大きさを均等にすると、中の水分をほどよく抜き取って乾燥させてから建築をはじめた。

疲れ知らずの働きを見せるちびスラちゃん達と一緒に、なぜか現場監督として残った和也。

彼は旗を持ちだすと、激しく振って次々と指示を出した。

「そうそう！　そんな感じで！　そっちはぶわーって感じで。え？　こっちはどうするのかって？ぐわっていい感じにしてくれるかな！　ぴぴぴー。そこはちょっと待って」

和也の指示は、適当を通り越して超適当であったが、ちびスラちゃん達は和也の指示に合わせてちゃんと敬礼して動いていた。

和也はどこから用意したのか笛まで吹いている。

ともかく和也は楽しそうで、主人である和也が喜ぶなら、どこまでも付き合うつもりのちびスラちゃん達なのであった。


きれいさっぱり風呂から上がったカウィン達。

スラちゃん1号が用意した慰労（いろう）のビールを飲んでご機嫌の彼らは、先ほどまで伐採していた場所に戻ってきた。

「「「「なんじゃこりゃー！」」」」

目の前にそびえ立つ巨大な建物を見て叫んだ。

そこには、二階建ての立派な木造建築のホテルができあがっており、窓にはガラスまではめ込まれていた。

和也が自慢げに言う。

「すごいでしょ！　俺とちびスラちゃん達で頑張って作ったんだよ。ねー、ちびスラちゃん」

「いやいやいや。頑張ってどうにかなるものなのか？　……しかも釘を使ってない？　え、ちびスラちゃん達の溶解液でくっつけている？　……溶解液ってなんだろうな」

ドヤ顔の和也はさておき、カウィンは唖然としていた。

それほどまでに目の前にあるホテルは非常識だった。しいていうなら、魔王領の一流ホテルと張り合えるレベルである。

カウィンは恐る恐る尋ねる。

「……あの」

「なーに？」

「こちらの建物はどうされるのでございましょうか？」

なぜか怪しい敬語になっているカウィンに、和也は首をかしげた。どうするもなにも寝るために作ったホテルである。

なので和也はそのまま答える。

「みんなで泊まるよ？」

「いや、そうでなくてですね。いや……もういいや。ちなみに和也殿が旅立ったあとは、このホテルは営業されるのですか？」

再度確認するカウィン。

和也は満面の笑みを浮かべると、爽やかに言い放つ。

「えー。一晩で作った簡易ホテルだよー。あとは自由に使ったらいいんじゃないかなー。一緒に作ったお風呂も宴会場もこのまま放置かなー。あっ！　でも悪いことに使われたら困るよね。やっぱり壊したほうがいいかな？」

「これを壊すなんてとんでもない！　いいです！　和也殿がいらないなら、俺がもらいますよ！」

「破壊宣言」する和也に対し、カウィンは必死になって「譲り受ける宣言」した。

結局、このホテルはカウィンが譲り受けることになった。なお、彼はホテルだけでなく森周辺に和也が作ったすべてをもらうことになるのだった。

14. 魔王領まであと何日？

「おはよー。ぐっすり眠れた？」

「はい！　それはもう。見張りもせずに外で休めるなんて思いもしませんでしたよ。本当にありがとうございます！」

和也の朝の挨拶に、カウィンが嬉しそうに応える。

空挺部隊は目的地まで短時間で行くのが基本なので野営することは少ない。だが、それでもまったくないわけではなく、野営する際は交代制で見張りを立てていた。

カウィンは今回もそのつもりだったのだが、和也は「寝るならしっかりと寝ないとだめ」の考えのもと、カウィン達を無理やりにでも寝させたのである。

なお、カウィン達が眠っていた間、ちびスラちゃん達が見張り番をしていた。

「そういえば、ちびスラちゃん達とか、イーちゃん達とか、ネーちゃん達とかはどこで寝たの？ちゃんとホテル使ってくれた？」

和也の問いかけに、スラちゃん1号は「ふふふ。配下の心配までしてくださる和也様は、本当にお優しいですね。ご安心ください。みんなはテントで寝ていますよ。カウィンさん達はお客様ですから、ホテルに泊まってもらいました」と触手を動かす。

「なるほどね。みんな、野宿じゃなかったんならいいよ。あ、でも今日は俺もテントで寝るからねー！　イーちゃんやネーちゃん達に囲まれて、モフ天国に旅立ちたい！」

和也がそう要望を出すと、スラちゃん1号は「わかりました」と身体を弾ませた。

そして近くにいたちびスラちゃんを捕まえると、今日の晩に犬獣人と猫獣人から五体ずつ和也の特注テントに来るようにと伝言をした。

この和也の発言により、誰が特注テントに行くかを競う「毛並みコンテスト」が開催されることになったのだが――そんなことは和也は知るよしもなかった。

その夜に和也は最高のモフ天国に大喜びし、感激のあまり滂沱（ぼうだ）の涙を流し、何度も転げ回ることになるのだった。

さすがにのんびりしすぎたので、旅立つことになった。

「じゃあ、ホテルはカウィンさんにあげるから俺達は出発するね。飛竜さん達も元気でねー。おお、ものすごく懐いてくれてるじゃん。いでよ！　万能グルーミング！　ふはははー。そんなに懐かれたらゴシゴシするしかないじゃん。わかってるって。ちょっとだけだから安心してよ。スラちゃん1号」

万能グルーミングでブラシとバケツを取りだした和也が、飛竜達へグルーミングをはじめる。
出発前にグルーミングをはじめたことにスラちゃん1号が不満げだったが、和也はなんとかごまかす。

和也は飛竜達をブラシでこすりながらも、スラちゃん1号へも手袋でグルーミングするという荒業をやってのけたのである。

そんなふうに器用に手を動かしていると、飛竜達は長蛇の列を作っていく。
すると、空挺部隊の一人が飛竜に向かって文句を言う。

「こら！　和也様に迷惑をかけるな」
「ぐるるるる」
「え？　自分達だってグルーミングしてもらって嬉しそうだった？　そりゃあ、あのグルーミングを受けて気持ちよくないやつなんて――は？」

飛竜達をなんとか制御しようとした空挺部隊員だったが、飛竜から反論されてまごついてしまう。
そして言い訳しようとして――

そもそも飛竜が反論してきたこと自体に違和感を覚える。

「くるるる？」

「『大丈夫？』だって？　いや？　大丈夫だぞ？　え？　大丈夫じゃないのか？　お、おい。ちょっと聞いてくれ。俺は疲れているようだ。飛竜達がしゃべっている言葉がわかるんだが」

「お前もか。じつは俺もそうなんだよ。こいつらの言っていることがわかるんだ」

これまで飛竜の鳴き声の音域や接してくる態度で、その日の機嫌やなにを思っているかを判断していた空挺部隊だったが、今はなぜか飛竜の言葉が理解できた。

なにが起きているのかわからず、大混乱に陥る空挺部隊達。

そんな中、カウィンが呟く。

「……ほう。なるほどな」

「なにかわかったんですか？　隊長」

飛竜の顎を触りながら、カウィンは何度も頷いていた。しばらくして、カウィンはもっともらしい雰囲気を醸しつつ発言する。

「ああ。おやつの骨はもう少し柔らかいほうがいいと？」

「「「「は？」」」」

空挺部隊から間の抜けた声が漏れた。

「なに言ってんだこいつ？」との表情を浮かべる部下達。カウィンはそれに気を留めることなく、熱く語っていく。

「飛竜は巨大で肉食だからおやつには骨を与えとけばいい――そんな安易な考えはやめてほしいそうだ。骨の硬さもそうだし、骨に付いている肉の状態、軟骨の過多など、骨一つとっても様々あるとのこと。つまり、好みも分かれているのに、適当に骨を渡されても寂しくなるそうだ。主人からのプレゼントなので受け取っているが、じつは不満はいっぱいだったらしい――」

隊長の謎の熱弁に、唖然とする部下達。

「隊長、ポンコツになってませんか？」

「ああ、隊長の話を真面目に聞いた俺がだめだった」

「そうだな。隊長だもんな」

「はい、解散ー」

自分のもとから離れだした部下達に向かって、カウィンは声を荒らげる。

「なんだよ！　お前らが聞いてきたんだろうが！」

ともかく状況としては、飛竜と会話ができるようになった。

そのことを受け入れた彼らは、積極的に飛竜とコミュニケーションを取っていく。

後年、それによってカウィン空挺部隊は今以上の無類（むるい）の強さを誇るようになっていくのだった。

15．一気に駆け抜ける和也達一行

和也は急遽(きゅうきょ)、爆走することに決めた。

そこには、スラちゃん1号の言葉が影響していた。

――早く帰らないと、無の森で留守番している子達が可哀想ですよ。

それを言われたとき、和也はハッとした表情になると何度も頷いて「早急に魔王城に向かおう」と口にした。

そんな感じで、最短ルートで進む道を決めたのだった。

「そうだよね。俺は楽しんでいるけど、留守番している子達が寂しがっているのを忘れていたよ。本当にだめだなー。帰ったら全員にグルーミング満漢全席(まんかんぜんせき)決定だね。もちろん、マウントさん達のことも忘れていないよ！」

自らの配下だけでなくマウント達のことも忘れていない和也の懐(ふところ)の深さに、スラちゃん1号は嬉しそうに何度も弾む。その後、スラちゃん1号は早急に出立の準備を完了させた。

和也が集まったみんなに向かって告げる。

「目標は魔王城！　これから休憩は極力取らぬ！　進むべき先に障害があれば粉砕(ふんさい)して進む。一気に突き進み、遅れる者は置いて――置いていかないから馬車に乗り込むこと！　それと、ホウちゃんは皆のスピードを確認しながら進むようにね。勢いよく『進む』と言ったけど、ホウちゃんが全力を出したら周りがついて来られないからね！」

「ひひーん！」

ホウちゃんは「それは残念です。せっかく和也様にいいところを見せようと思ったのですが」と不服そうに伝えた。

和也はホウちゃんに「ごめんね！」と謝り、そのたてがみをなでる。

実際に走りだし、どんなに気になる場所があっても、楽しそうな寄り道スポットがあっても、涙を呑んでスルーしつつ進み続ける。そんな彼の陰で、スラちゃん1号はこっそりとメモを取り「帰りには寄ろう」と決めていた。

街道を爆走し、途中の村や町にも寄らず、和也とつながりを持ちたいとなんとか引き留めようとしてきた領主達には「ごめんねー」の一言だけで突き進んだ和也。これにより、よくも悪くも和也を利用しようとしていた悪者の思惑をかわすことができた。

気づけば、魔王城まで馬車であと半日のところまで来ていた。

「和也殿。さすがにここからはゆっくり行かないとだめですよ。それにしても、領主達の顔は最高だったなー。あれほど情けない顔は久しぶりに見たぜ」

カウィンは満面の笑みで、和也に話しかける。

「意外とできるもんだねー。並走しながら話しかけてきた領主さん達には申し訳ないけど、急いでいたからねー。カウィンさんはあとで誰に謝ったらいいか教えてね。それにしても……ちょっと気になる場所があったのが残念だったなー」

するとスラちゃん1号が「大丈夫ですよ。ちゃんと記録しておりますから、あとでカウィンさんやマウントさんに場所を聞いて、すぐに行けるように手配しておきますね」と触手を動かす。

「そうなの!? さすがはスラちゃん1号。下がまったく見えない滝とか、天空まで伸びてるみたいな樹とか、昼間なのに真っ暗で先がわからない森とかにも行きたかったんだよー。今度来るときは見て回りたい！」

和也とスラちゃん1号がのんびりと話すその周りでは、息切れ状態の者達が倒れていた。控え目とはいえそれなりに張りきったホウちゃんは、かなりのスピードを出していたのである。

ホウちゃんの張りきりについてこられたのは、カウィンをはじめとする空挺部隊、イーちゃん、ネーちゃん、センカ、ルクアなど一部の者達だけであった。

「みんな頑張ってくれたねー。いでよ！　万能グルーミング！　まずはホウちゃんからだねー。俺とスラちゃん1号を乗せて運んでくれたから、大変だったよねー」

和也は複数のブラシやタオルを作りだすと、ホウちゃんの身体を拭き、軽く水をかけ、ブラッシングしていく。

ブラシでこするたびに、ホウちゃんは嬉しそうに鳴き声を上げた。

蹄鉄を外して蹄のお手入れまでされると、その気持ちよさにホウちゃんは眠ってしまったようであった。

「ふふふ。頑張ってくれたから疲れたんだろうね」

満足げに寝息を立てているホウちゃんを見て、和也はそう言って微笑む。

続いて、スラちゃん1号、最後まで問題なくついてきた者と順番にグルーミングしていく。

それぞれにあった道具を作りだしながらグルーミングをしていく和也。気持ちよさそうに眠ってしまう犠牲者を次々と簡易テントに収納していくちびスラちゃん達。

そんな連携の取れた作業は、和也が全員のグルーミングを終えるまで続くのだった。

「よっし！　これで全員のグルーミングが終わったー。どこに連れていったらいい？　最後のグルーミング者特典で、俺が休憩場所まで運んであげるよ！　え？　ちびスラちゃん達はひと塊になって休憩中だって？　このテントに放り込んだらいいの？　……おおジーザス……なんてこったい。ちびスラちゃん達がみっちり詰まってものすごくぷにぷにとして弾んでいるぅぅぅ！　こ、これは飛び込んでもいい案件ですな」

グルーミングを終えた和也が、ちびスラちゃん達がまとまっているテントにやって来ると――

そこはスライムゼリーの海であった。

色とりどりで気持ちよさそうにうごめいているちびスラちゃん達を見て、和也は涎が出そうになる。

和也が好奇心に任せてつつくと、ちびスラちゃん達は反応して弾んだ。

「ふおおおお！　もう我慢できん！」

なにかが振りきったのか、我慢ができなくなった和也は、意味不明な叫び声を上げていつものように行動する。

そう、全力ダイブである。

テントの中でひしめいていたちびスラちゃん達は和也の体重を受け、大きく飛び散った。だが、すぐに元の位置まで戻ってきて、和也をしっかりと包み込みはじめる。

なにも知らない者からしたら、「スライムに人が捕食されている」ようにしか見えないだろう。

だが、和也は思う存分にその塊の中で転がり続けていた。

「これは気持ちいいですなー。諸君！　こんな天国があっていいのだろうか？　もちろん構わない！　天国はここにあるのだ！　俺が決めた」

相変わらずのハイテンションで叫ぶ和也。

全力でちびスラちゃん達の弾力を満喫していた和也だったが、グルーミング疲れが出たのか、徐々に動きが緩慢になっていき、最後にはちびスラちゃん達の中で眠りについてしまった。

そんなことが起きていたテントに、スラちゃん1号が様子を見にやって来る。

スラちゃん1号は、心地いい寝息を立てている和也を微笑ましそうに見ながら、ちびスラちゃん達に話しかける。

「和也様はお休みのようですね。いえ、そのままで。和也様が満足されるまで一緒に寝ていなさい……さて、和也様が起きられるまでに色々と用意しておきましょうね」と触手を動かすと、ちびスラちゃん達以外の魔物達に命じて、拠点の作成をはじめるのだった。

街道から少し離れた場所に、ハイスピードで作られていく拠点。

これが戦争ならば、魔王マリエールといえど顔面蒼白になるレベルである。堀まで作られ、数日なら籠城(ろうじょう)できそうであった。

カウィンは頬を引くつかせながら、築城作業を眺めていた。

「こんな砦を数時間で作る技術があるとはな。和也殿達が敵じゃなくて本当によかった。あのスピードで進軍できて、一瞬で砦が作れる。そんな軍隊がいるとしたら……いや、ここにいるが……国なんて一瞬で制圧されてしまうな」

疲れきったサラリーマンのような表情を浮かべているカウィンに、センカとルクアが近づいてくる。

センカとルクアが同情した眼差しで話しかける。

「わかりますぞ。こんな非常識を見せつけられたらやってられないとの気持ち、恐ろしくわかります。ですが、それが和也様なのです。いかに和也様が素晴らしいかがわかったことでしょう」

「そうね。私もスラちゃん1号さん達の能力には、いつも愕然とさせられていますわ」

そんな感じで同情されながら慰められたカウィンのもとに、スラちゃん1号が近づいてくる。どうやら拠点ができあがり内装も完了したとのことで、テントを撤去して移動してほしいらしい。

「食堂に食事も用意しておりますし、先にお風呂に入ってもらっても大丈夫ですよ。どちらを選ばれますか？」と触手を動かして伝えてくるスラちゃん1号。

そんな気遣いにカウィンは恐縮しながらも、食事を先にすることを決める。そして、センカとルクアと一緒に、新しくできた砦の食堂にやって来たのだが……


「相変わらず量も質も異常ですわね」

「当然でしょう！　和也様が降臨された場所での食事ですぞ！　この肉一つとっても和也様の慈愛がこもっていると思いませんか？　ですよな！　カウィン殿」

料理を目にしたルクアとセンカが目を輝かせている。その一方で、カウィンはセンカの態度に若干引いていた。

「随分とおかしいぞ、センカ。大丈夫か？」

「はっはっは！　おかしなことをおっしゃる。我らは普通ですぞ。さあ、食事をはじめましょう――」

「そうですわね。さっそく食事を――」

続々と魔物や魔族達が集まってきた。

いつも給仕をしているちびスラちゃんの姿はなく、代わりに犬獣人やキラービー達が甲斐甲斐しく動いていた。

空挺部隊員がやって来てわいわいと話している。

「早く食べましょうよ！　今度こそ俺達が勝つ番っすよ！」

「いやいや。ゆっくり食おうぜ。前に死にそうになったじゃねえか」

「ちびスラちゃん達がいないからチャンスなんじゃ？」

「馬鹿！　スラちゃん達がいるだろう。ちびスラちゃんの五倍のスピードで動くぞ」

カウィンは視線を動かさず、さりげなく周囲を確認する。

確かに残像が見えそうな速さで、スラちゃん２号から８号までが給仕をしている。

スラちゃん達の動きを見て、センカが尊敬の眼差しを向け、ルクアはなぜか一緒に給仕をはじめようとしていた。

「おい。俺と一緒に飯を食うんじゃなかったのかよ」

カウィンがそう言うと、センカ、ルクアが視線を固定したまま答える。

「いいえ、今はスラちゃん殿達の動きを目に焼きつけないと。滅多に皆さんは揃わないのですよ！　こんな貴重な場面で食事をしている場合じゃありませんぞ！」

「スラちゃんさん達が給仕をしているなら、私もするのが当たり前です。むしろ、スラちゃんさん達よりも素早く動けるように頑張りますわ！」

カウィンは、センカとルクアの突然の変わりように呆れつつ軽くため息を吐く。それからきびすを返し、空挺部隊の一同がいる場所へ向かうのだった。

16．魔王城まであと一歩が遠い

「ふわぁぁぁぁ」

ようやく目覚めたのか、和也が大きく伸びをしながら身体を起こす。

和也が動きやすいようにと、ベッド代わりになっていたちびスラちゃん達が調整したせいで快適さが増し、和也は思わず二度寝しそうになる。

スラちゃん1号が「和也様。そろそろ起きてくださいね。せっかく大休憩所を作ったのですから、皆を褒めてほしいのです」と触手を動かして伝える。

「俺が寝ている間に完成したの？　見たい見たい！　そうだ。ちびスラちゃん達もありがとう！　おかげで気力が大量MAXフルパワーになったよ。これは家庭に一台は欲しいですなー」

気持ちよさそうにバウンドしていた和也だが、名残惜しそうにちびスラちゃんベッドから下りる。

そして、スラちゃん1号から受け取った水を一気に飲むと、万能グルーミングで手袋を作りだして、スラちゃん1号へのグルーミングをはじめた。

「俺が眠っている間も見守ってくれていたんだろー。うりうりー。可愛いやつめ。愛いやつめ」

スラちゃん1号は「ちょっ！　和也様。そんなことをしていたら、皆のところに行くのが遅くなるでしょう。もう！　少しだけですからね」と嫌そうにしながらも、満更ではない感じで和也のグルーミングを受け入れるのだった。

そんな和やかな時間はゆっくりと流れていった。


それからしばらくして、食堂に到着した和也を一同が迎え入れる。

「和也様。先にいただいてますぜー」

「和也様！　こっちの肉は食べ頃ですよ！」

「飲み物を入れてきますわ！」

「きゃう！」

「にゃー！」

「キシャー」

それぞれが満足げな表情を浮かべて、食事を楽しんでいる。

本来なら不倶戴天の敵同士である魔族と竜族が、種族など関係ないと言わんばかりに肩を並べていた。

和也はのほほんとした表情で、この施設の感想を述べる。

「それにしても、こんな短期間で作っちゃうなんて、皆の技術力も上がったねー」

カウィンと空挺部隊の一同は「技術力とかそういう問題じゃない」と言いたげだった。

そこへ、スラちゃん1号がやって来て和也にマイクを手渡す。

もちろんこの世界にマイクはなかったが、和也がスラちゃん1号に仕組みを説明して作ってもらっていたのだ。

大休憩所完成の挨拶を頼まれた和也は、周囲が静まるのを待って、マイクに向かって声を発する。

「あーあーあー。ただいまマイクのテスト中。んん！　聞こえますかー。元気ですかー……よし。いい感じ。大休憩所を作ってくれてありがとうございます。皆さんの技術力が驚くほど上がっていて嬉しいです。今日は枕を高くして眠れそうです。えっと、あとなにを言ったらいいのかな？　そうだ、この大休憩所もカウィンさんにあげるので好きに使っていいよー。じゃあ、かんぱーい！」

和也の乾杯の音頭に、食堂の壁が震えるほどの大歓声が上がる。そんな中、和也の挨拶に衝撃を受けている人物がいた。

カウィンである。

「枕を高くして眠れそうって、こういうときに使う言葉じゃない気がするが、それどころじゃねえ……」

先日の休憩所はもらうことにはなっていたが、今回は完全に油断していた。

和也は「大休憩所」と言っているが、明らかに砦である、そんな物をいきなりくれると言われ、パニックに陥っていた。

「よーし！　いっぱい食べるぞー。あれ？　カウィンさんはどうしたの？　ひょっとして疲れが出ているのかな？　先に寝といていいよ」

呆然としたまま動かないカウィンを見て、和也が休憩を勧める。

その言葉にスラちゃん3号が反応し、カウィンを抱えて寝室に運んでいった。寝室に乱暴に放り込まれたカウィンは冷静になった。

魔王城前に大休憩所もとい砦を持つということは、謀反を疑われるのではないか。

焦ったカウィンは受け取りの辞退を決めたが、寝室にやって来たスラちゃん1号に「和也様から下賜されたのに断るのですか？」と脅されるのだった。

後日、マリエールに無実であることを力説するはめになるのだが……


食堂にて、センカがルクアに問いかける。

「それにしてもスラちゃん殿達の動きは素晴らしいですなー……あれ？　カウィン殿はどこに？　食事会の途中で離席するとはけしからんですなー」

「センカは、もう少し周りを見たほうがよいですわ。先ほど、スラちゃん3号さんに連行されていましたわよ。和也様の下賜が大きすぎて、どう扱ったらいいのか処理しきれなかったのですわ」

「なんと。私よりも巨大な下賜がカウィンごときに！」

和也から休憩所がカウィンに与えられたと聞いたセンカは、嫉妬の炎を目に宿しながらハンカチを噛みしめる。

「男がハンカチを噛みしめても、可愛くもなんともありませんわね」

ぐぎぎぎぎと音が聞こえてきそうなほどハンカチを噛むセンカを見て、ルクアは呆れた表情を浮かべるのだった。

❖　❖　❖

魔王城前にできあがった拠点で、和也は存分にくつろいでいた。

「うーん。気づけば今日で五日目だねー。スラちゃん1号はなにしたい？　え、今日は休日にして俺と一緒にまったりしたいだって？　くぅぅぅ！　なんだこの可愛い魔物は？　って、知ってるよ！　スラちゃん1号だよ。いでよ！　万能グルーミング！　今日はどのように料理してくれようかー」

寝起きの和也は、ベッドになっていたスラちゃん1号と蜜月の時間を過ごす。そんないちゃいちゃしていた和也とスラちゃん1号の部屋に、カウィンが突然入ってきた。

「和也殿！　ちょっと――ぐぁぁぁぁぁ」

カウィンが勢いよく吹っ飛んでいく。

壁を突き破って姿が見えなくなったカウィンを確認した和也は、スラちゃん1号を見つめる。

スラちゃん1号はいつもの青色ではなく、赤色になっていた。

怒り心頭のスラちゃん1号は「私と和也様が楽しんでいるのを邪魔するなんて、万死に値します。しかしまだ利用価値――使い道があるので手加減しておきました」と激しく触手を動かす。

「おお……カウィンさん、大丈夫ー？」

「ぐっ！　な、なんとか。これでも風の四天王ですからね。壁を一枚突き破る程度の攻撃なら耐えられますよ。ぐはぁぁぁ……」

砕け散った壁から抜けだしてきたカウィンが、身体中から血を流して和也に近づいてきた。和也が恐る恐る声をかけると、カウィンは返事をする最中にも吐血を繰り返す。

そして、親指を立てて元気だとアピールした瞬間に大量の吐血をすると、そのまま倒れてしまった。

「カ、カウィンさーん！」

和也が、倒れたカウィンを助けようと駆けだしたが――それよりも早くスラちゃん1号が触手を使ってカウィンが倒れるのを防ぐ。

そして、身体からハイポーションを数個取りだすと、傷口に振りかけて無理やり飲ませた。

「ごぼぼぼぼ！」

スラちゃん1号は「大丈夫ですか？　まさか四天王の一人であるカウィンさんが軽くなでただけで吹っ飛ぶなんて思わなくて。本当に申し訳ございません。この薬はものすごく効きますよ。どうです？　もう傷は治ったでしょう？」とカウィンをガクガクと揺さぶる。

「だ、大丈夫ですよ。治りました。治りましたから！　邪魔したのは謝りますから ー」

「ふふふ、仲よしだね。それと、カウィンさんが元気になってよかった。スラちゃん1号のお薬ってよく効くなあ」

最初はカウィンの傷を心配していた和也だったが、スラちゃん1号の薬で全快したのを見て驚き、和也の興味は薬に移った。

「俺もなにかあったときに使ってあげられるように持っておきたい！」

スラちゃん1号は「和也様になにか起こるわけはありませんが、周りの者が怪我などして和也様が心配されるのは避けたいですね……わかりましたよ。それでは十個ほど、和也様に渡しておきます。なくなったらいつでもお渡ししますので、言ってくださいね」と伝えると、身体からハイポーションを出して和也に渡していく。

和也はスラちゃん1号が作ってくれたポシェットに、ハイポーションを大事そうにしまい込んだ。


その後すぐに、崩壊した部屋の壁を修理することになった。

和也は、スラちゃん1号とちびスラちゃん達が修理している雄姿を眺めていると、ふとなにかを思いだしたのか、カウィンに尋ねる。

「それで、カウィンさんはなにしにここに来たの？」

その質問で、重要なことを思いだしたカウィン。

カウィンは顔面蒼白になって告げる。

「そうだった！　突然フェイが迎えに来たんですよ！　和也殿。出迎えと出発の準備をしてもらえますでしょうか？　やばい。ただでさえ到着が遅れて怒っているのに！」

「え？　誰かお迎えに来てくれているの？　え？　フェイさん？　フェイさんって四天王筆頭で火の人だよね？　そんな偉い人が来てくれたんだ。スラちゃん1号。すぐに出迎えの準備はできる？」

焦るカウィンに反応して和也も慌ててしまい、スラちゃん1号に確認する。

スラちゃん1号は和也の問いかけに大きく頷くと、修理はあと回しにして準備をするようにちびスラちゃんに命じる。

さっそく和也は着替えることになった。

「え？　着替えるの？　ああ、偉い人が来ているから普段着だとだめだよね。わかった。カウィンさんはフェイさんに『もうちょっと待ってね』と伝えてきてくれる？」

「わかりました。すぐにフェイに伝えてきます」

カウィンは和也の言葉に頷くと、慌ててフェイのところへ走っていった。


カウィンがフェイのもとにやって来る。

「フェイ！　遅くなっ……ちょっと待て！　話せばわかる」

彼の目の前にいる四天王筆頭フェイは無表情になっており、言い訳をするカウィンに徐々に近づいていく。

「私は言いましたよね？　魔王マリエール様がお待ちですって。目の前に拠点を作って籠もられたら、周りの魔族がざわつくでしょうが」

さらに近づいてくるフェイに、カウィンはきびすを返して逃げようとする。

しかし――

着替えが終わり、和也はスラちゃん1号に話しかける。

「準備に時間がかかったけど、よかったのかな？」

和也の服は新しい物にはなったが、見た目は一緒であった。

スラちゃん1号は「確かに、和也様の服にバリエーションはありませんが、やはりトップクラスの要人と会うのですから、きれいな服装にしておかないと！　それと、マリエールさんからもらったガントレットは装着したほうがいいですね。あと、アクセサリーも着けておきましょう」と伝えて、王冠、ブレスレット、ネックレス、指輪、腕輪を身体から取りだした。

「そんなにたくさん出したら、選ぶのに時間がかかるよー。だったら、遅くなっちゃうことをフェイさんに連絡しておかないと。ちびスラちゃん。ちょっと伝言を頼むねー」

和也から伝言を受けたちびスラちゃんが、ぴょんぴょんと飛びながら拠点の入り口にやって来る。

そこには、拳を血まみれにしたフェイがいた。手には、ボロ雑巾になったカウィンだったものがぶら下げられている。

ちびスラちゃんはカウィンを気にせず、上下に弾んで「和也が遅れる」と伝えた。

当然ながら、和也のグルーミングを受けていないフェイは、ちびスラちゃんの言葉がわからない。

カウィンならわかるのだが、彼はズタボロになって黄泉の国に片足を突っ込んでいた。

フェイの視線が、ちびスラちゃんの動きに釘づけになる。

「か、可愛いー！　なに、なんなの。この可愛い生き物!?　えっと、どう見てもハイスライム族よね。ハイスライムってこんなに可愛いの？　どうしよう。今なら持って帰ってもバレない気がするけど、さすがにまずいわよね」

ちびスラちゃんの魅力にメロメロになっているフェイが考え込んでいると、なんとか意識を取り戻したカウィンが口を開く。

「……ぐっ。お、おい。まずいどころの話じゃねえぞ、だいたい――がふぅ！」

フェイの流れるような肘鉄で、再び気絶するカウィン。

さすがに驚いたちびスラちゃんの動きが一瞬止まったが、フェイはカウィンを放り投げてしゃがみ込む。

そして、ちびスラちゃんに話しかける。

「えっと、ハイスライムさん。私になにか用？　ひょっとして和也殿からの伝言かしら？」

なにかを伝えようと弾むちびスラちゃんを、微笑ましく見つめるフェイ。

そんなゆったりとした時間が流れる中、近くを通りかかったイーちゃんが首をかしげて近づいてくる。

「きゃう？」

「まあ、今度はハイドッグスだなんて！　こんにちは。私は四天王筆頭フェイと言います」

イーちゃんの可愛さに、またもやフェイは魅了されてしまう。

「きゃう！　きゃうきゃう」

フェイの挨拶にイーちゃんは答えたが、やはり意思疎通はできなかった。

とはいえ、イーちゃんが尻尾を振っているのを見て、歓迎はされていると感じたフェイは、イーちゃんの身体をなではじめる。

気持ちよさそうにしているイーちゃんを見て、フェイはますますテンションが上がっていたが、再び意識を取り戻したカウィンが――

「……お、おい。がふぅぅ」

なにか発言する間もなく、再び沈黙させられた。

「それにしても和也殿は遅いですねー」

フェイはそう口にしつつ、イーちゃんをモフり続ける。

しばらくすると、次々と拠点の魔物達が集まりはじめる。ただ、残念なことにフェイと話ができる者は一人もいなかった。

「え？　このハンカチをプレゼントしてくれるのですか？　ふふ。ありがとう。ものすごくよい生地でできてますね。まるでコイカの糸みたいです。え、このネックレスもくれるの？」

フェイは猫獣人の一匹からハンカチを受け取り、別の犬獣人からはネックレスを受け取った。

鑑定能力を持っていないフェイは、それが本当にコイカの糸で編まれたハンカチだとわからなかった。もちろん、ネックレスがオリハルコン製とも気づいていない。

「どうしようかしら。こんなにモフらせてもらったうえに、皆さんからプレゼントまでもらって……え？　クッキーもくれるの？　最初に私に話しかけてくれたハイスライムさんですよね？　まあ、美味しいわ」

そんなこんなで、拠点の入り口では宴会がはじまりつつあった。

悪意や殺意が感じられず、歓待する気持ちしかない魔物達に、フェイの心は癒やされた。また目の前で繰り広げられる、モフ天国とプレゼント攻勢に幸せを感じていた。

「ふふふ。このまま和也殿が遅れても構わない気がしてきました」

フェイは微笑みながら呟く。

彼女の背後では、魔族の天敵であるリザードマンも働いていた。

だが、モフ天国の虜（とりこ）になっていたフェイはそれに気づくことなく、目の前のモフモフを存分に楽しむのだった。

17. やっと対面、そしてフェイは

フェイと魔物達の楽しい交流は続いていた。

その間も、フェイの背後では歓迎の宴をするための準備が進んでおり、キラービーやリザードマンが甲斐甲斐しく荷物を運び、会場のセッティングをしている。

フェイは、目の前でなにやら演劇をしているらしいちびスラちゃん達の動きに釘づけになっていた。

「はー可愛い。本当に可愛い。魔王城に来ていた冷ちゃんという、冷たいハイスライムも可愛かったですが、これだけ群れになっていると破壊力抜群ですね……なにをしているのかはさっぱりわかりませんが。でもいいの、可愛いは正義だわ。それにしても、一人でここに来て本当によかった。部下を連れてきていたら、無邪気に楽しむことなんてできなかったわ」

ちびスラちゃん達の演目が終わったようで、彼らは礼らしき動きをする。

「きゃう！」

「え？　今度はハイドッグスさん達がなにかしてくれるの？」

拍手喝采の中、イーちゃん率いる犬獣人達が一列に並んで踊りはじめる。きゃうきゃう言いながら踊っているのを見つつ、提供されるジュースを飲んでご満悦なフェイ。

フェイは、このあと幸せな時間がさらなる高みを目指しそうな気がしていた。よくわからないが、そんな予感を抱いていたフェイの耳に、ざわめきが聞こえてくる。

誰か来たのかな、そう思っていると突然歓声が上がった。

「な、何事ですか!?」

フェイが戸惑っていると、拠点から小柄な少年が出てきた。

その少年は、フェイの好みど真ん中の可愛らしい顔をしていた。少年は笑みを浮かべながら、周囲にいた魔物達と話している。

「なんかすごいことになっているねー。今日は外で宴会をするの？　そうそう。フェイさんはどこにいるの？　挨拶をしないとねー」

和也が発した言葉に、フェイは衝撃を受ける。

「え？　私に挨拶？　つまりあの方が和也殿なの？　もっと筋骨隆々で勇ましい顔をしているはずよね？」

フェイは慌てて鞄に入れておいた、筋肉ムキムキの人形を取りだす。

和也の姿を見間違わないようにと持ってきていた、彼の姿をかたどったとされる人形である。それは、スラちゃん3号によって作られた人形であり、無の森にある巨大和也像のミニチュア版であった。

しかしどこからどう見ても、目の前の少年は筋骨隆々の偉丈夫とは正反対である。

呆然としているフェイに和也が話しかけてくる。

「ひょっとしてフェイさん？　はじめまして和也です。無の森で盟主をしているよ」

「は、はじめまして。魔王マリエール様にお仕えする四天王筆頭のフェイと申します。そ、その、イメージと違って驚いておりました（――え？　なに、この可愛い子。どうしたらいいの？　お嫁に行く準備をしたほうがいいのかしら？）」

「まさか、一人で迎えに来てくれるなんて思わなかったよ。みんなとも仲よくしてくれているみたいだし、俺とも仲よくしてくれたら嬉しいです！」

「はい！　一生末永く二人が未来を分かつまで仲よく、ものすごく仲よくさせていただきます！」

軽い感じで挨拶する和也に対し、フェイはもじもじとしながら重い挨拶をする。

かなり挙動不審なフェイを見て、和也は首をかしげていたが――満面の笑みを浮かべると手を差しだす。

「うん！　いつまでも仲よくしてね。改めてはじめましての和也だよ！　四天王筆頭さんだから、もっとかしこまったほうがいいかな？　俺としては気楽な口調のほうが話しやすいけど、だめ？」

「ふゅぉぉぉ！　可愛い！　これは確定ですね！　間違いなく一直線でお嫁さんコースですね。こちらこそ末永く――」

和也が差しだした手を、フェイがギュッとつむって握り返そうとした瞬間――スラちゃん1号の複数の触手が遮り、フェイの腕を掴んだ。

「和也さんの手は柔らかいですね。あれ？　指がいっぱいある？　まるで触手みたい」

和也の手を握ったつもりのフェイは、その柔らかすぎる感触に違和感を覚える。目を開けて自分が握っていたものを見つめると――

「え？　あ、あの？」

スラちゃん1号は「はじめまして。和也様の身の回り・生活のすべてをお世話させていただいているスラちゃん1号と申します。四天王筆頭フェイ様におかれましては、ご機嫌なようでなによりです。ですが、和也様のお手を握り返すなんてありえません。何事も手順というものがあります」と伝えると、触手を縦横無尽に動かして威圧を放った。

「ふふっ。なにを伝えたいのかはわかりませんが、和也殿との握手はだめなのね。それにしても素晴らしい威圧です。ここまでの威圧を放つとは、あなたがスラちゃん1号さんですね。四天王筆頭である火の四天王を相手に臆さないなんて。和也殿には素晴らしい部下がおられますね」

スラちゃん1号の徐々に強くなっていく威圧を受けてもまったく動じず、フェイは微笑みながら触手を握り返す。

そんな二者のやりとりを見ていた和也が、慌てて訂正する。

「違うよー。スラちゃん1号は俺の部下じゃないよ。スラちゃん1号は俺の秘書で、お母さんで、親友でもあって、そして大事な人なんだよー」

「……は、はい。とりあえず恋人ではないのですね」

和也の言葉に、フェイはホッとした表情を浮かべた。一方、スラちゃん1号は恥ずかしそうにペシペシと和也を触手で叩く。

和也は改めて、フェイに尋ねる。

「フェイさんはどうして一人で来たの？　ほかの人はいないの？」

「あまり大勢で来たらご迷惑かと思いまして。もちろん、魔王マリエール様には黙って来ましたよ。あえて黙って来た自分の英断を褒めたいくらいですね」

周囲の魔族達は「黙って来たのかよ！」との視線を向けていたが、フェイはそんな視線も気にすることなく悠然と微笑む。

和也はその笑みに誘われるように笑うと、スラちゃん1号に問いかける。

「すごいね！　一人で来たんだって！　ねえ、スラちゃん1号。俺も一人でおつかいができると思うけど？　そろそろ一人で行ってもいいでしょ？」

スラちゃん1号は「なにをおっしゃるのですか？　和也様は至高のお方です。そんな尊きお方が、四天王筆頭レベルと同じだと思わないでください。だいたい、無の森を一人でお出かけして危険な目にあったことをお忘れですか？」と責めるように触手を動かした。

フェイは楽しそうにやりとりする和也とスラちゃんを見て首をかしげる。

「スラちゃん1号さんがなにを言っているのかわかりません――あ、そういえば、和也殿からグルーミングを受けると意思疎通ができるのですよね？　ならば、私にもグルーミングを……え？　なに？　この空気」

フェイは悪気なくそう口にしたものの、周囲の魔物達は冷たい視線を送っていた。

「にゃう！　にゃにゃにゃ！」

「きゃう！　きゃうぅぅ！」

「きしゃー」

今まで友好的だった魔物達がフェイに向かって「順番を守れ！」と威圧を放ちはじめる。そんな中、遅れてやって来たルクアがフェイを目にして声を上げる。

「え？　フェイ様？　なぜここに？」

続けて、ルクアと一緒に来たカウィンの部下達がわらわらとしゃべりだす。

「おい、獄炎使いのフェイ様がいるぞ。和也様を守ったほうがいいのか？」

「馬鹿野郎！　一瞬で灰燼に帰すだけだぞ。時間稼ぎすらできるわけがねえ」

「カウィン様はどこに行ったんだよ！」

フェイはルクアを見つけ、嬉しそうな顔をして話しかける。

「あら？　ルクアじゃない。ああ、そういえば、和也殿を魔王城に案内する役目を受けていたわね」

「はい。フェイ様もお元気そうでなによりです。それよりも、この威圧まみれの状況はなにがあったのですか？　え？　グルーミングを和也様にお願いしたのですか？　それはまた無謀な――」

周囲に満ち溢れている威圧を感じ取り、ルクアは肩をすくめる。

そこへ、和也が勘違いした発言をする。

「みんなお腹が減っているみたいだねー。リザードマンさんなんて涎まで垂らしているじゃないか。準備も整っているみたいだから、先にご飯にしようよ。そのあとでグルーミング大会だ！」

まったくの見当違いなのだが、周囲から大歓声が上がる。

「ふふ。皆さん本当に和也殿が好きなのですね……」

そのとき、フェイは宿敵リザードマンがいることに気づいた。フェイは少しだけ驚いたような表情を浮かべる。

「……本当にリザードマンがいるんだ。敵対しているというのに、魔族に対してもそういう行動を取らないのね」

和也のもとにリザードマンがいるというのは報告で聞いていたが、実際に目の当たりにして改めて驚いた。

フェイは、和也に懐いているリザードマンをボンヤリと見つつ呟く。

「プライドが高いと言われるリザードマンが、あんなに無防備に口を開けて喜びを表現するなんて」

リザードマンは強靭(きょうじん)な歯を誇りにしている。それゆえに彼らは、その歯をむやみに見せることはない。戦いの際に牙を剥きだしにすることはあるが、それは強さをアピールするため。今、目の前で行われているように、喉の奥まで見えるほど口を開けるなどありえないのだが……

和也が楽しそうに声を上げる。

「さあ、フェイさんの歓迎会だよー。お肉を大量に用意しているから、魔族流のおもてなしができるからねー。今度は勝ってほしいなー」

「魔族流のおもてなしですか。これまでに高級なお肉など、和也殿からプレゼントしてもらっていますが……質が高くても量がなくては魔族が満足するなど……」

和也の挑戦的な言動に、フェイは鼻で笑わんばかりに呟く。

だが、そんなフェイを見る周囲の視線は冷たかった。まるで「無理だ。お前はなにもわかっていない」と言わんばかりである。

フェイは腰に手を当てて嘆息をする。

「なんです。大量にある肉を食べ尽くすのが魔族の誇りでしょうが。高級だからと遠慮するなんてありえないと思わないのですか？」

するとルクアが淡々と言う。

「……いえ、フェイ様も実際に体験してくだされればおわかりになるかと。和也様！　フェイ様が先陣を切って挑戦されるそうですよ」

ルクアはそう言うと、ニヤリと笑みを浮かべた。

それを聞いた和也は大喜びである。

「おお！　皆の者！　ここに挑戦者が現れた！　この勇気ある者。そう、勇者が現れたのだ！　我らは勇者フェイに全力で挑むのである！　全力を尽くすぞー。スラちゃん1号！　俺はお肉をくるくる回して焼きたい」

「えっ？　え？」

ハイテンションになった和也に突然勇者に抜擢され、フェイは困惑する。

普段なら悠然と対応をするのであろうが、なにからなにまで勝手の違う流れに、フェイは冷静になれない。

そんなふうにしてフェイは、完全に和也のペースに巻き込まれていったのだった。

和也は集まったみんなに向かって、仰々(ぎょうぎょう)しく告げる。

「皆の者！　今夜、ここに勇者が現れた！　我らは全力をもって迎え討つ。いいか、遠慮はいらぬ。思う存分に歓待するがよいぃぃぃぃ！」

和也の宣言を受けて、地鳴りのような歓声が拠点に響き渡った。

その後すぐに、着々と準備が進められていく。

フェイは流されるままに特等席に案内され、そして強制的に椅子に座らされる。理解が追いつかない状態のまま、フェイの前には巨大な肉が山盛りで置かれていった。

「さあ、勇者フェイよ。我らの挑戦を受けるがよい！」

「あ、あの……」

和也の芝居がかった発言に、フェイはオロオロしながらも質問をしようとしたところ——それを遮るようにルクアが話しかけてくる。

「さあ、フェイ様。まずは第一形態ですわ。私達も協力しますので頑張りましょう。最終的に敗れたとしても、スラちゃん1号様がものすごくよく効くお薬を用意してくださいますわ」

ルクアをはじめとする魔族達もこの戦いに便乗するようだ。おもてなしはスタートしたらしく、彼女達は目の前の大盛りの肉を猛烈な勢いで食べだした。

改めてフェイは、目の前の皿を眺める。

そこには、以前プレゼントされたことがあるヒアルの肉など、伝説級の肉が盛られていた。

焼き加減は様々で、途中で味を変えられるように、香辛料、調味料、タレなど大量に用意されている。

「では、さっそく食べさせていただきますね。んー美味しい！　やはり伝説級のお肉は格別ですね。これなら何皿でも食べられます」

さすがにおもてなしを受けて立つと豪語しただけあって、見事な健啖家っぷりを発揮するフェイ。

和也は、フェイの優雅な食べ姿に感心し、芝居がかった口調で言う。

「さすがは勇者である。これほどの勢いを維持しつつも、戦う姿は優美である。えーと、もう普通にしゃべってもいいかな？　そう？　別に無理する必要ないって？　すごーい！　フェイさんの食べっぷりがすごすぎるよ！　じゃあ、俺もお肉を焼きはじめるねー」

「和也殿に直接料理してもらえるなんて、最高の贅沢ですね。楽しみにしていますよ」

「任せといてー」

勢いよく走り去っていく和也を、微笑ましそうに見つめるフェイ。

フェイのもとに次の皿が提供される。お皿を一所懸命に運んできたのは、ちびスラちゃん達である。

そんなちびスラちゃんを優しくなでて感謝を伝えると、フェイは次々と肉を食べていった。

「すごい、本当に攻略できるんじゃないか」

「なにを言ってるんだ。おもてなしはこれから第二形態になるぞ」

「そう、ここからが本番だ」

勢いよく、それでいて優雅に肉を食べながら、何度もおかわりするフェイ。彼女の前には空の皿が積み上がっていった。

ともに参加している魔族達からも感嘆の声が上がる。

しかし彼らはここからが本番だと知っているので、気合いを入れるとまずは自分の目の前にある皿に集中して攻略を試みる。

フェイが妙なことを言いだす。

「うーん。肉ばかりだと飽きてきますね。ほかになにかありませんか？」

「え？」

ルクアが驚いたような表情を浮かべる。

その言葉の意味を改めて理解し、フェイの顔を二度見するルクア。ちなみにルクアはすでに限界を迎えており、周りの魔族も苦しそうな顔をしていた。

　そんな情けない一同を見て、フェイは嘆息する。

「なんですこれくらいで。まだ、和也殿のお肉が届いてませんよ。口直しをして、迎え討つのが魔族として心意気（こころいき）でしょう」

　ルクアが無理しながら言う。

「そ、そうですわね。皆の者！　これから総力戦ですよ！　いくら大量に材料があるとはいえ、準備をする前に食べ尽くせば我らの勝利です！　強力な援軍がいる今こそが最大のチャンスです！」

「「「おお！」」」

　魔族達が野太い声で気合いを入れて応じる。

　そんな一同の希望を打ち砕くかのように、スラちゃん1号が大量のそうめんを持ってきた。

　スラちゃん1号は「お口直しが必要とのことですので、こちらをどうぞ。めんつゆにつけて食べるといい感じに口直しができますよ」と器（うつわ）にめんつゆを入れて参加者に手渡していった。

「……来た」

　魔族達が絶望するほど、そうめんは山盛りだった。

　フェイはそうめんを興味深そうに観察すると、箸（はし）の使い方を聞いて器用に食べだした。

「まあ！　これはあっさりして美味しいですね。それに、氷で冷やされているから、清涼感があって口の中が洗い流されるようです。魔王様にも食べてもらいたいですね」

山のように盛られているそうめんを勢いよく食べていくフェイ。

そんな姿を見て、魔族の一同は尊敬の念さえ抱いていた。スラちゃん1号やイーちゃん達も感心して拍手しはじめる。

そこへ、和也が意気揚々とやって来る。

「どんな感じー？　おお！　すごい！　そうめんまで攻略しているんだ。さすがは勇者だね。ふっふっふ。じゃ、じゃじゃじゃ〜ん！　俺が丹念に焼いた最終形態！　ノマクサプーンのお肉だよー」

和也の背後には、巨大な肉が控えていた。

それをちびスラちゃんが十四がかりで運んでくる。

ホウちゃんが仕留めた熊の魔物「ノマクサプーン」の肉だった。ノマクサプーンは巨大な体躯に似合わず素早く、魔族の小隊レベルでは対抗できないほど危険な魔物である。

フェイが驚いたように言う。

「まあ、すごい！　ノマクサプーンを討伐できるなんて！　四天王までは出動しなくてもいいですが、かなり高レベルな魔族が討伐に向かわないと倒せない魔物です」

「そうなの？　ホウちゃんが散歩のついでに倒したって言っていたよ？」

感心しているフェイに和也は首をかしげる。

しかし、ホウちゃんが褒められたことに気づくと、和也はあとでホウちゃんにご褒美をあげようと思うのだった。

「そうそう、このノマクサプーンだけど、普通に焼いても美味しいんだけど、ケバブにしたら濃厚な味になったよ!」

嬉しそうにそう言いながら、肉を切り分けていく和也。

最初にフェイに盛りつけると、次々にほかの魔族達にも渡していく。

本来なら、和也手ずから切り分けてくれたということで大喜びするのだが、魔族達はさすがに限界を迎えつつあった。

その前の大量の肉とそうめんで、戦線は崩壊寸前なのだ。

「みんな食べないの?」

魔族達の箸が進まないので、和也が悲しそうな顔になる。

そんな和也の顔を見た瞬間、一同は猛烈な勢いで食べはじめた。まるで死を覚悟した戦士の目になっている。

なおその視線の先にはあったのは、当然ながらスラちゃん1号の触手だったが。

18．ついにはじまるグルーミング

「ふー。久しぶりにお腹いっぱいになりましたねー」

「ふぉぉぉ！　すごい。フェイさんすごい。まさか食べ尽くすなんて思わなかったよ！　その身体のどこにお肉が消えたのか知りたいくらいだよ！」

フェイは軽くお腹をさすり、悠然と微笑んでいた。食後のデザートまで平らげ、今は紅茶を飲んでいる。

彼女の周りでは、ルクア、途中参加したセンカ、そのほかの魔族達、食事会には参加していないがボロ雑巾状態の四天王のカウィンが死屍累々(ししるいるい)と転がっていた。

イーちゃん、ネーちゃん、リザードマン達、キラービー達はフェイの完全勝利を称(たた)えている。ちびスラちゃんは勝者へ捧げる踊りを舞っていた。

フェイが余裕たっぷりに食事の感想を言う。

「そうめんとデザートが素晴らしかったですわ。それになによりノマクサプーンのケバブ？　ですか。複雑な調味料と絶妙な火加減が織りなすハーモニー、まさに完璧と言わざるをえませんでした。

さすがは和也殿です」

「ま、まさかおもてなしの感想ま……で……フェ、フェイ様は化け物ですわ」

地面に横たわるルクアは、そう呟いて震えていた。

「俺、これを食べきったら彼女にプロポーズするんだ」

「馬鹿！　そんなことを言ったら一生結婚できないぞ！」

「フェイ様に後光が差している」

「和也様の手ずからのお肉をあれほど食べられるとは、なんと羨ましい。くぅぅぅ。なぜ私の身体はすべてが胃ではないのか！」

死屍累々の魔族達が、畏怖、憧憬、尊敬、感謝の視線を織り交ぜながらフェイを眺めていた。

スラちゃん1号はゆっくりとフェイに近づき「恐れ入りました。まさか完食されるとは。今まで様々な魔族の方を見てきましたが、フェイ様ほど和也様にふさわしい方はおりません。どうですか？　和也様。フェイ様ならふさわしいかと」と触手を動かしてフェイを称える。

スラちゃん1号の発言に、魔族達は静まり返った。当の和也はなにを言われているのかさっぱりわかっておらず首をかしげている。

当然ながら、和也のグルーミングを受けていないフェイにはなにを言っているのかわからない。

フェイは不思議そうな表情を浮かべていた。

「あの？　スラちゃん1号殿はなにを？　ひょっとして……デザートのおかわりですか？　それなら先ほど食べた冷たいデザートを希望します」

フェイの発言を聞いた魔族達が心を一つにしてツッコむ。

((((違う。そうじゃない))))

魔族達がなにか言いたそうにしているのを見て、フェイは首をかしげていた。

結局、デザートのおかわりが用意され、フェイは和也と一緒にデザートを食べていた。

和也考案のパフェである。

パフェには、プリン、アイス、生クリームが贅沢に使われ、果物もふんだんに盛りつけられている。フェイは、パフェに手をつけようとしないルクアに尋ねる。

「あら、ルクアは食べないの？」

「うっぷ。い、いえ。私は甘い物は苦手で……」

「そうなの？　こんなに美味しいのに？」

嬉しそうにパフェを食べるフェイを見て、ルクアは吐きそうになる。

周りで倒れていた魔族達も見ているだけでつらいようで、ヨロヨロと立ち上がると逃げ去るように風呂場に向かっていった。

魔族達はお互い肩を組み、たまに吐きそうになる声を発しながら去っていく。

「みんな、お風呂が好きだよねー。フェイさんも俺のグルーミング後にお風呂に行ったらいいよ」

和也はそう言うと、万能グルーミングで櫛（くし）を作りだした。

フェイは首をかしげて言う。

「グルーミングをしていただけるのですね。先ほど、スラちゃん1号さんにはだめだと言われた気がしたのですが？」

すると、スラちゃん1号は「フェイさんの勇気ある行動に、私は感銘（かんめい）を受けました。和也様からの寵愛（ちょうあい）であるグルーミングを受けて、私と話せるようになってください」と触手を動かして伝える。

「フェイさんを気に入ったから、グルーミングをしてお話がしたいんだってさ」

和也がスラちゃん1号の触手の動きを通訳する。フェイはスラちゃん1号に視線を向けて感謝を伝えた。

そして、和也に誘導されて臨時で作られたソファーに移動する。

急遽作られたとはいえ、無の森の素材で作られたソファーは弾力があり、フェイの身体を優しく包み込んだ。

その心地よさに、思わずフェイは目をつぶる。

しばらくすると、フェイの髪に電気が流れたような歓喜が走った。

「な、何事ですか！」

「じゃあ、さっそくグルーミングをはじめるねー。まずは、髪の毛からブラッシングしていくよー。そういえば、エイネ様から人間にグルーミングすると魔力が暴走して爆発するって聞いたんだけど、フェイさんは大丈夫だよね？」

グルーミングをはじめといて今さらの確認かよ！　とツッコミが入りそうだが、幸いここには魔族と魔物しかいない。

見た目こそ人間のようだが、間違いなく魔族であるフェイは、その心地よさに意識が飛びそうになっていた。

「あっ……心地よいですね。わ、私は魔族ですので問題ないかと……ん！　そ、それにしても和也殿のグルーミングは、き、気持ちいいですね。そ、そこが気持ちよいです」

「でしょー？　みんな喜んでグルーミングを受けてくれるんだよー。最近は、俺のグルーミングを五回以上受けた子は、スラちゃん1号にしてもらわないとだめなルールができてさー。俺としてはいつでもグルーミングしたいけどルールだからねー」

楽しそうに話しながら和也は霧吹きでフェイの髪を湿らせつつ、優しく櫛を通していった。

櫛が頭皮に当たるたびに、くすぐったそうにするフェイ。

しばらくすると、長い髪は驚くほどきれいになり、いわゆる天使の輪ができるほどつやつやになっていた。

それを確認した和也は、フェイに手を出すように伝える。

「なにをされるのですか？　んんー！　手のひらのマッサージまでしてくださるのですか？」

「そうだよー。手にはツボがたくさんあってさー。こんな感じで揉むと、普段の疲れも取れるよー。よいしょ、よいしょ」

フェイの手を広げて、指圧をする和也。

目の前で一所懸命に指を動かしている和也の可愛さに、フェイは鼻血が出そうになるのを必死でこらえる。

フェイは狩りをする猟師のように、真剣な表情で爪のお手入れをする和也を凝視していた。自分よりも小さな男の子が眉根を寄せて「よいしょ、よいしょ」と言いながらマッサージをしているのだ。

それを眺めているだけで、幼き頃に魔王に仕えると決めた苦労続きの人生が報われるようだった。

「それにしてもお客さん。疲れが溜まっているようですねー。爪に栄養と水分が行き渡っておりませんぞ。こんな状態ではそのうち爪が割れてしまう。いいですか。まずは身体によい物を食べて、心の栄養も充足させる必要があるのですぞ！」

「ちょっと待って！　なんで老師(ろうし)みたいな話し方をするのです？」

フェイの手をニギニギしながら、謎の老師っぽい口調（？）をする和也。

フェイが困惑していると、横で眺めていたスラちゃん1号が「和也様、どうすればいいのか、具体的にお伝えしないと。フェイさんも困ってしまいますよ」と優しく触手を動かして伝えた。

「そうですね。できればそのあたりをアドバイスいただければ。次からはそこに気をつけて生活できますから。ちなみにスラちゃん1号さんは、普段はなにに気を使われていますか？」

フェイがそう尋ねると、スラちゃん1号は「んー。私は身体が艶やかになるように、水分を多く摂るようにしていますね。食事は肉が好きですが、なるべく野菜も摂るようにしています。そうしないとお肌が荒れますからね」との感じで答えた。

「なるほど。何事もバランスが大事なのですね。私も、お野菜を多めに食べるように気をつけましょう。ちなみに化粧水はなにを使われているので？　ほう、無の森で採れる素材から成分を抽出している？　無の森の素材を贅沢に使っているのね……ってなにそれ！　すごすぎじゃない！」

スラちゃん1号のつやつやの秘密は、水と野菜と化粧品らしい。そう聞いたフェイは、自分にも効果がありそうだとテンションが上がる。

「お願いします。交易がはじまったらぜひとも個人輸入させてください！　……え？　なんですって⁉　乳液まであるんですか！　全部ください。お願いします。お金なら糸目をつけません。それくらいは稼いでいます」

「ふふ、仕方がないですね。特別ですよ」との感じで答えるスラちゃん1号。

きゃっきゃっしながら、フェイとスラちゃん1号は楽しそうに話をしていた。

話題は、基礎化粧品からダイエット食品、お酒に至るまでに及んだ。交易品だけでなく、好きな異性のタイプの話にもなった。まあ、和也のどこが気に入ったというものなのだが。

そして、好みのタイプが一緒だとわかったフェイとスラちゃんは無言で頷き合い、固く握手を交わすのだった。

もちろんその間も、和也はフェイの手のお手入れを続けている。

「ふっふふーん。今度はどこをグルーミングしようかなー」

先ほどまでスラちゃん1号と楽しげに会話をしていたフェイは、和也のグルーミングが一段落ついたところで、身体中から活力が溢れていることに気づく。

まるでレベルアップしたような爽快な気分になっているのだ。

「それにしても、気持ちよすぎて、四天王筆頭である重責から解放されるようですね。ありがとうございます。スラちゃん1号さん」

フェイに、スラちゃん1号がお茶を提供してくれた。軽くお礼を言ったフェイは、一口飲んでホッと一息吐く。

「……ん？　んん!?　ひょっとして私、スラちゃん1号さんの声が聞こえていない？　むしろ、普通に会話が成立しているじゃない！」

スラちゃん1号にお礼を伝え、「どういたしまして」という返礼が来たことにわずかな違和感を覚え——一気にお茶を飲み干したフェイは叫ぶ。

「いつ、スラちゃん1号さんと話せるようになってたの？　どのタイミング？　髪を手入れしてもらった最初？　爪をきれいにしてもらった際？　それともスラちゃん1号さんにパックしてもらったとき——いやいや、あのときは好みのタイプをお互いに熱弁していたわ」

フェイは改めて、自分の身体を確認する。

疲れは取れ、髪は輝き、爪は透き通るように煌めいていた。

ちなみに、「パックしてもらったとき」というのは、和也に見えないようにさりげなくやってもらっていた。

触手で化粧を落とし、そのままフェイの顔に張りついてパックになってもらい、仕上げにナチュラルメイクを施してもらった。

それにもかかわらず、今までスラちゃん1号と会話をしていたのに気づけなかったのは——

和也のグルーミングが気持ちよかったからだ。油断すると夢の国に飛んでいきそうになるため、会話に集中して耐えていたのである。

それによって逆に、スラちゃん1号と会話できているという違和感に気づけなかったのだった。

19. 会話は弾む

「へー、なれそめはそんな感じなの。え？　『和也様ははじめて会ったときから優しかった』ですって？　きゃー！　それはそれはごちそう様。スラちゃん1号さんは、本当に和也殿から愛されているわねー」

「そんなことはありませんよ……やだ！　照れるじゃないですか。もう、恥ずかしいですね。でも、私の思いに和也様はいつも応えてくださいますよ」と、照れた感じでフェイに触手をペチペチとぶつけるスラちゃん1号。

「きゃー。なになに。相思相愛なの!?　もう、やるじゃない！　和也殿も隅に置けないわねー。このこのー」

スラちゃん1号と四天王筆頭フェイが楽しそうに会話している。

途中からお酒が入ったらしく、フェイは赤い顔をしていた。スラちゃん1号も陽気にしており、ケラケラと笑ってはお酒を飲んでいる。

ちなみに、フェイへのグルーミングはとっくに終了しており、和也はルクア・センカなど魔族達、イーちゃん・ネーちゃんなど魔物達をグルーミングするために旅立っていた。

今この場にいるのは、エンシェントスライムのスラちゃん1号から8号までと、給仕で残っているちびスラちゃん数匹である。

「ふー。それにしても壮観(そうかん)な光景よねー。エンシェントスライムの皆さんがこんなにいるのを見たのは、魔王領広しといえど私だけでしょうね。歴代の魔王様でもいないでしょうからねー。ひっく……それにしても、このお酒はものすごく美味しいわねー。なにで作られているの？」

軽い感じで質問したフェイだったが、このあとのスラちゃん1号からの返答を聞いて、猛烈に後悔することになる。

「そうですね。これは無の森にあるブーベリールを乾燥させてから、水分を足して発酵(はっこう)させます。この実を食べると元気にもなるので、和也様のお食事にも添えていますね。ほかにも傷薬の原料として使っていますよ。先ほど、そこでお休みされていたカウィンさんが和也様の部屋に入ってきたとき、なぜか血まみれになっていましたが、それを治した傷薬にも同じ物を使っています」とスラちゃん1号は教えてくれたのだった。

その説明に、フェイの酔は一瞬で醒(さ)める。

ブーベリールは万能薬を作る原料の一つであり、魔王領においては数が採れず、収穫できれば特別報酬がもらえるほどの希少素材である。

「え？　ブーベリールをお酒……え？　これってひょっとして恐ろしい値段になるんじゃないの!?確か一粒あたり金貨一枚じゃなかったっけ？」

「どうされました？　気に入ったのなら、フェイさんにお土産としてプレゼントしますよ」という軽い感じで、ちびスラちゃんに樽を持ってくるように命令するスラちゃん1号。

お土産としてもらうには、ありえないほど高級なお酒を樽で二つも渡され、フェイは涙目になるのだった。

「どう？　スラちゃん1号と楽しく話しているみたいだけど、盛り上がってるー？」

グルーミングが終えた和也が満足げに宴会場に戻ってくると、すかさずスラちゃん1号が果実水を差しだして労う。

和也はそれを美味しそうに飲みながら、今の状況を確認しようとしたが――自分がグルーミングに旅立つ前は楽しそうに酔っていたフェイがなぜか静かで、なにやらブツブツと呟いているのに気づく。

「……これ二樽で金貨八百枚が最低価格かな？　……こっちの果実酒でも金貨三百枚は固いわよね？　あとでマリーに鑑定してもらわないと正確な金額はわからないわね。どれも伝説級の果物がふんだんに使われているわ。ふふふ、無の森ってなんでもあるのねー。しかも、伝説級の果物が鈴なりっていうじゃない！　今まで飲んだお酒は一杯あたり金貨何枚分になるのかしら。うふふふ」

「おーい、フェイさん。大丈夫？　どうかしたの？」

心配になって和也がフェイに声をかけると、スラちゃん1号が「無の森で採れる果物が珍しかったそうです。普通は薬として使うのにお酒にしちゃったので、フェイさんは驚かれているようですよ」と説明をする。

いまだにブツブツ呟いているフェイに和也が近づいて、目の前で手を振ってみる。

フェイの定まっていない焦点が徐々に合わさり、そして目の前にいるのが和也だと気づくと——

フェイは軽く微笑みながら、和也を胸元に抱き寄せた。

「ふふふ、本当に可愛いですね、和也様は。こんなに可愛くて、部下に慕われて可愛くて、お金持ちで伝説級の素材を大量に持っていて可愛くて、もうぎゅーってしたくなります」

「わわわ！　ちょ、ちょっとフェイさん。俺は子供じゃないよ！　そんなことされても恥ずかしいだけだってば！」

思いきり抱きしめられた和也は、真っ赤な顔になって抗議する。

そんな反応すら可愛らしく思えるフェイは、さらに頬を緩ませて和也を強く抱きしめた。

いつもなら激怒するスラちゃん1号なのだが、なぜか今回は微笑ましそうに見ていた。

スラちゃん1号は、むしろもっとやってくださいと言わんばかりにフェイを応援しているようであった。

20. マリエール、動く

いつまで経っても来ない和也に、魔王マリエールは苛立っていた。

近くまで来たと思えば、唐突に砦を建築される始末である。

「砦を攻撃すべし。魔王城前に砦を作るなど言語道断(ごんごどうだん)！　無の森の主などなにするものぞ！」と発言する過激な武官も少なからずおり、マリエールといえどそれらを抑えるのは一苦労であった。

「まったく『攻撃すべし』などと簡単に言ってくれる。それですべて解決するならどれほど楽か。彼らが持っている戦力を知らない者はこれだから困る」

武官達には最大警戒態勢を敷くように命じ、お茶を濁したマリエールだったが——いつもなら自分に代わって武官達を抑えてくれる、四天王筆頭であり、また友人でもあるフェイの姿がないことに、ようやく気づいた。

マリエールは側近の者達に尋ねる。

「フェイがどこにいるか知らないか？　今日は休みだったか？　なにか知っているなら報告せよ」

　普段は温厚だが、そうではないマリエールの恐ろしさも重々知っている文官達は互いに押しつけ合うようにしていた。そんなやりとりが行われ、一番若手の文官が泣きそうになりながら、無理やりフェイに託されたという手紙をマリエールに手渡す。

「フェイ様から預かっておりまして」

「手紙？　そんな物があるなら早く渡さないか！」

　マリエールの言葉に震える若手文官。マリエールは荒々しく手紙を奪うと、封を破って中身を確認する。

　そこには見慣れたきれいな字で二行だけ書かれていた。


和也殿を迎えに行ってきます。

実物を見て、害があるようなら始末しておきます。


「なに独断専行（どくだんせんこう）しているのよ！　エンシェントスライムが八体もいるのを知っているでしょうが！　フェイはいつからいなくなった!?」

　フェイの手紙を握りつぶしながら、マリエールが問う。

主人の激昂に、手紙を渡した若い文官は速攻で気絶しており、ほかの文官達もブルブルと震えていた。

そんな中、なんとか意識を保っていた最古参の文官が答える。

「フェイ様なら、二日前からお姿を見ておりません」

「くっ！　今から出るぞ！　我の直属部隊に連絡をしろ。一刻の猶予もならん。フェイの救出に向かう」

そこからマリエールの行動は早かった。

場合によっては無の森の勢力と一戦を交えることもあると、マリエールは修繕された魔王の礼服を着込む。

「服従のガントレットは渡したが、服従するのは部下達を傷つけないことが条件だ。親友であるフェイになにかあれば、ガントレットの影響を受けようとも一矢報いるまで！　無条件で降伏するとは思わないことだな！」

マリエールはそう叫び、全身から魔力を放出した。普段ならここまで冷静さを欠くことはなかったが――

いっこうにやって来ない和也。

そして、迎えに行ったまま戻ってこない風の四天王カウィン。

さらには、魔王城の近くに拠点を作ったまま出てこない。

トドメとばかりに、フェイの手紙である。

それらが重なり合い、ストレスが溜まりに溜まっていた。

無の森勢力に攻撃すると聞いて、参加を命じられていない血気盛んな武官まで準備をはじめたが、誰が先陣を切るかで揉めだし、全員がマリエールによって叩きのめされた。

改めて魔王の恐ろしさを知った直属部隊は全身に冷や汗を流しながら、いつでも進軍できるように準備を整えてマリエールの言葉を待つ。

そこへ、偵察に出ていた魔族が顔面蒼白でやって来た。

彼は職務をまっとうすべく、マリエールの前でひざまずく。

「魔王様。ご報告です！」

「なんだ！　もうすぐ進軍する！　あとにしろ！」

「……あいつ死んだな」

ぼそっと聞こえてきた声に同意するように周囲がざわめく。偵察の魔族はマリエールに伝える。

「和也殿の拠点より、隊列が出立したのが視認されました。先頭に、巨大な馬に乗ったフェイ様らしき人影を確認しております」

「なに！　全員、正門前まで移動。我の命令があるまで、その場で待機！」

「「「「はっ！」」」」

精鋭部隊に命令を伝えたマリエールは魔力を全開にして飛び上がると、正門にある物見櫓まで一気に飛翔する。

突然現れた魔王に、櫓の見張りは腰を抜かしそうになっていた。が、そんなことを気にせず、マリエールは身を乗りだして遠くの人影を確認した。

「確かにあれはフェイだな！　くっ！　だが、遠すぎて詳細まで確認できん。このままこちらも進軍するか？　いや、まだ精鋭部隊が正門まで来ていないな。おい、私はこれから単騎で突っ込む。精鋭部隊には遅れて来いと伝えろ」

「はっ！　確かに」

見張りは直立不動で敬礼し、命令を受けた。

マリエールは見張りに小さく頷くと、再び魔力を全身にまとい、詠唱をはじめる。

『我が衣に翼を与えん』『この場に展開するは不可思議な盾』『すべてを貫く魔力をまといし槍』では、行ってくる！」

マリエールは背中に生やした翼に身を任せ、勢いよく飛び立った。

21. ついに魔王は邂逅(かいこう)する

マリエールはすべての能力値を上げる魔王の礼服を着て、魔法で防御力を上げ、不可視の槍を作りだし、さらには飛行の魔法を多重発動させて一気に飛んだ。

その姿は「魔王」というより、友を助けるために無謀な戦いに挑む「戦乙女(いくさおとめ)」といった感じであった。

「フェイ、待っていなさい。必ずあなたを助けるからね」

不可視の槍を握りしめ、マリエールは気合いを入れて飛んでいく。

一方、和也達もマリエールの接近に気づく。

魔王を迎え討つためか、彼らは陣形を整えはじめる。その陣形はマリエールを拘束して、包囲殲滅することを目的としているようであった。

地面に降り立ったマリエールはそれに気づき、不敵に笑う。

「ふふっ。その程度の陣形で魔王が止められるとでも？　舐められたものね。ふむ、和也殿とフェイは後ろに下がったのか。フェイはぐったりしているように見えるな。無事だといいのだが……いいだろう、魔王を止められる者などいないことを証明してやろう！」

正面から突撃し、先頭に立つハイドッグスに向かって不可視の槍を叩きつけようとしたマリエールだったが――

その直前、陣形が動いてV字となる。ハイドッグスは構えていた剣を、天に突き上げて煌めかせる。

急に陣形が変わったことに一瞬動きを止めたマリエールだったが、再び戦闘態勢になると全方面に威圧を放った。

「きゃう！」

「にゃー！」

「きしゃー」

「マリエール様、万歳！」

「マリエール様、お久しぶりです」

マリエールの威圧に動じることなく、左右に分かれた魔物達・魔族達から歓迎の声が上がる。心の底から歓迎しているようにすら思え、マリエールは困惑する。

「……は？」

そして左右に分かれた列から、華麗な装飾品をまとったスライムがゆったりとした動きで近づいてくる。

「エンシェントスライム？　あなたがスラちゃん1号殿か？　魔王マリエールが直接参った。無の森の主である和也殿に会わせていただこう。また、我が親友であるフェイの解放を求める。叶えられない場合は、一戦交わすことも辞さないつもりだ」

「はじめまして、魔王マリエール様。とはいっても私の言葉は伝わりませんよね？　ですから、このような挨拶の仕方をさせていただきました」と触手を動かすスラちゃん1号。

当然ながら和也のグルーミングを受けていないマリエールは、その言葉を解せない。

マリエールはうねうねと触手を動かすスラちゃん1号を警戒し、不可視の槍を数本発現させ、いつでも戦闘がはじめられるように備える。

スラちゃん1号は、厳しい目を向けるマリエールを見ながら触手を動かす。すると、左右からちびスラちゃんがワラワラと出てきた。

「なに？　ハイスライムを大量にけしかけるつもりか？　そんな戦術が私に対して効果があるとでも——？」

イーちゃんやネーちゃん達魔物と、ルクアやセンカ達魔族が拍手する中、ちびスラちゃんが隊列を組んでビシッと文字を作る。


歓迎！　魔王マリエール様！

「……え？　……ちょ、ちょっと待ってね。考える時間をもらえるかしら？」

ちびスラちゃん達を見て、みんな拍手喝采状態であったが――マリエールからすると意図がわからなかった。

マリエールはいったんその場から離れて一人で考える。

「え？　なに？　ひょっとして本当に歓迎されているの？　マジで？　嘘でしょ？　じゃあ、私って歓迎されているのに、勘違いして暴れようとした単なる痛い人？　いやいや、でもフェイはぐったりとしていたし……そうだ！　フェイは無事なの？」

自分が突入を決めたそもそもの経緯を思いだしたマリエールは、我に返って周囲を見渡す。

その場にいたのは、魔物達、スラちゃん1号。彼らの後ろには、神獣スレイプニルに乗った一組の男女がいた。

和也とフェイである。

ホウちゃんに力を示して認められたフェイは、和也と一緒に騎乗することを許されていた。

先ほどフェイがグッタリとしたように見えたのは、和也があまりにも可愛らしくて鼻血を出しすぎたため。マリエールの突撃の際に後方に引いたのは、休憩するためであった。

貧血から立ち直ったフェイが前線に復帰してくる。

なにやら前方が騒然としていることに気づいてわざわざやって来たのであるが……

フェイはニコニコしながら言う。

「なになに？　どうかしたの。進軍が止まっているわよ？　なにかあったの？　ふふふ。それにしても和也様の身体は柔らかいですねー」

「もう！　俺だって筋肉ムキムキになる予定なんだからね！　今も畑仕事を頑張っているんだから！　もうすぐシックスパックになるんだよ！」

仲むつまじい二人に、周囲は微笑ましそうにしていた。

ルクアは歯を食いしばりながら嫉妬に耐え、センカは和也と密着している様子を羨ましそうに見ている。

魔族達は普段と違うフェイのデレデレした姿を見て、逆に恐ろしさを感じていた。

そんな中、和也とフェイを眺めていたマリエールが唖然として呟く。

「フェイ？　あなた、なにをしているの？」

地を這うような低い声。

殺気に近い威圧を漂わせる魔王マリエールに、リザードマンやキラービーなど、和也からのグルーミング回数が少なく、進化するに至っていない魔物達が震えはじめる。

その一方で、和也からグルーミングを何度も受けている魔物達は威圧に動じず、気合い入っている魔王様だなーくらいにしか思っていなかった。

そして、殺気を向けられている当事者である四天王筆頭のフェイは、和也の頭を優しくなで、キョトンとしていた。

「あれ、マリーじゃん？　なんでここにいるのよ？　それになにか怒っているように見えるけど？　わかった、仕事していないとでも思っていたんでしょ。魔王領を代表してちゃんと仕事もしたし、おもてなしも完璧に撃退したわよ！　聞いてよマリー、なんと和也様からグルーミングしてもらったの！　でねでね、そしたらスラちゃん1号さんと話ができるようになってさー」

殺気をまき散らすマリエールを不思議そうに見ながら、フェイは和也と仲よくなった経緯を話ししていった。

フェイは満面の笑みを浮かべながら会話を続ける。

「スラちゃん1号さんと意気投合してさー。趣味とか好きな子のタイプとかも一緒で盛り上がったのよー。それにほら見て、この子！　神獣よ！　スレイプニルのホウちゃん。普通は和也様かスラちゃん1号しか乗せないらしいんだけど、私が力を示したら騎乗ＯＫになってさー」

得意満面に語るフェイだが、マリエールからは殺気どころか、闘気（とうき）・剣気（けんき）・魔力も溢れだしていた。

なお、フェイは話すのに夢中でそのことに気づいていない。

「フェ、フェイ様。その、そろそろそのあたりで……」

「もっと和也様の素晴らしさを語ってくだされ」

空気を読んで止めに入るルクアに続いて、センカはなぜか煽り立てる。

マリエールから溢れだす様々なものに、魔族の面々が顔面蒼白になって叫びだす。

「おい。普通にやばいぞ」

「待避！　全員待避」

「カウィン様はどこに行ったんだよ！」

「全治一週間だって言われていただろう」

「肝心なときに！」

もはや阿鼻叫喚となっていたが、幸せの絶頂にいるフェイは気づくことなく、腕の中にいる和也に頬ずりする。

「そして見てー。なんと彼が和也様なのです！　可愛いでしょ！　まさかこんなに可愛い子だったなんて知らなかったわ。絶対にお嫁さんにしてもらうの」

「わわ！　まだだよ！　もっとお互いのことを知ってからだよ！　まずはお友達からだよ」

「友達期間は三日でいいですか？」

抱きつかれて真っ赤になる和也と、その姿に嬌声を上げるフェイ。

微笑ましい空気が漂っていたが、さすがに空気が変質していることに気づき、フェイが眉根を寄せる。

「マリー？　怒ってるの？」

「ふっふっふ。じつに楽しそうね。私がどれだけ心配していたと思っているの？　私にどれだけストレスがかかっていたと思っているの？　戦いしか主張しない無能な脳筋な武官。弱腰の文官。頼りになるのは親友だったフェイだけだったのに……ふっふっふ。はっはっは。あーはっはっは」

含み笑いから笑い声が漏れだし、そして徐々に高笑いに変わっていく。

最後は哄笑しだしたマリエールに、周囲が騒然となる。

「え、過去形？　私たち親友よね？　なんで無表情なの？　なんで突然笑いだすの？　まずい！『我らを守る灼熱なる壁』『すべてを包括する不死鳥の慈愛』みんな衝撃に備えなさい！」

フェイが、和也を中心として無の森の魔物と魔族達を覆う結界を多重展開させる。それに合わせるように、ルクアやほかの魔族達も防御結界を張りはじめた。

「心配した分の労力を返しなさい！　私のストレスがＭＡＸなのを思い知るがいいわ！　なに一人だけ抜け駆けして、楽しそうにイチャイチャしてるのよー！　『ここに顕現するは無の極地。すべての者に等しく無慈悲なる慈愛を与えん』」

すべての防御魔法が展開するのを待っていたかのように、魔王マリエールが詠唱をはじめる。そして詠唱が終わると、天を覆わんばかりの黒い球体が現れた。

その球体から、次々と撃たれるエネルギー弾。

そして、巻き起こる爆発音。

そして、荒れ狂う高熱の嵐。

「『再び相見えることはない。その名に恥じん洗礼が汝(なんじ)を襲う』まだまだあるわよー。『我の姿は一つではない、さらに高みを目指したその姿を見ることは汝には叶わず』『我が指先にあるはすべてを貫く光線なり』『暗闇をまといし真の姿を見た者はすべてが塵(ちり)と化す』」

「ちょっっぉぉぉぉと！　マリーやめなさい！　それって魔王固有魔法でしょ！　勇者と対峙しているわけじゃないのよ！　無の森の盟主である和也様よ。歓迎しないと！　ごめんって！　ちょっと調子に乗りすぎたいのは謝るから。もうやめて！　和也様も笑ってないで一緒に止めてください」

大声にしないと聞こえないほどの爆音の中、フェイは自分が知っている最大級の防御魔法を連発させながらマリエールに話しかける。

だが、マリエールに声はまったく届いていない。

マリエールの笑い声と詠唱だけが響き渡り、さすがのスラちゃん1号も一緒に防御魔法を繰りだす事態になった。

「ふおー。すごいねー。これが魔王様の歓待の仕方なんだねー。一歩間違えたら怪我しそうだねー。ねえねえ。スラちゃん1号。この魔法って俺でも使えるようになるのかな？」

怪我どころか、かするだけで瀕死になりそうな攻撃を前に、呑気な発言をする和也。

実際は、マリエールからプレゼントされた服従のガントレットの効果で、怪我をすることはないのだが——それは装着者の和也のみだった。

22．やっと落ち着いた？

永遠とも思える時間に、終わりが告げられようとしていた。

さすがに魔力がなくなってきたのか、攻撃魔法の規模も小さくなり、単発的に炎の壁が立ち上ったり、氷の槍が降ったりする程度になる。

和也を守る一行も疲労困憊で、最初は楽しそうにしていたイーちゃん達も、途中からはシャレにならないことに気づき、防御結界を突き抜けてくる攻撃に必死で対処していた。

和也が異世界セイデリアに来てから、最大の危機と言ってもよかった。

だが、当の本人はいつも通りで、まるでアトラクションに参加しているように爆炎や閃光を楽しんでいた。

和也は相変わらず、的外れな感想を言う。

「勢いも弱まってきたから、終わりみたいだねー。それにしても、マリエールさんの歓待は気合い入っているねー」

「い、いえ。これは歓待ではなくって……」

ルクアが魔力欠乏症で顔面蒼白になりながらそうツッコむが、余裕があるのは彼女くらいでほかの魔族達はへとへとであった。

「おい！　誰か魔力回復ポーションをくれ！　もうすぐ枯渇するぞ」

「無理だ。俺も最後の一本だ！」

「とりあえず、和也様は絶対に守れ！」

「そっちはスラちゃん1号さん達に任せたらいい！」

多重に結界を張っているにもかかわらず、マリエールの攻撃はそれをも突き抜けてくる。自分達が全力を尽くしても一枚すら破れない結界を、軽々と貫通してくるのである。

「怖えぇぇぇぇ！　マリエール様って本当に怖えよ。あれでは嫁入りなんてできないに決まってて——」

「そこのお前、顔は覚えたわよ」

防御魔法を展開しながらうかつな感想を呟いた魔族を、マリエールは射貫くように睨んだ。

かなり遠くにいるはずなのに――耳元でささやかれたような声が、近距離で覗き込まれたような視線が――その魔族には感じられた。

「い、いいぃぇえ――そ、そそんなつもりで――こふぅぅ」

急に白目を剥いて倒れる魔族。

周囲の者達はそれを見て騒然となったが、親友であり四天王筆頭であるフェイは、マリエールと倒れた魔族に交互に視線を向けると、小さく嘆息した。

「恐れ知らずにもほどがあります。あの者は死にたいのかしら」

小さく呟きながらも、フェイはさすがにまずいと思いはじめていた。

マリエールの魔力が切れるまで好きに暴れさせていれば、そのうちにスッキリするだろうと思っていたが――勢いは弱まりつつあるものの止まる気配がない。

また、魔王城からの精鋭部隊達もいる。マリエールの攻撃が苛烈すぎて、彼らは一定の距離から近づけないようだったが――

フェイはその精鋭部隊の変化を察知する。

「なるほど。陣形を変えようとしているのね。結界を張れる者を中心として防御主体で進むつもりなのでしょう。でも、あのレベルの防御では、彼らに被害が出るわね。早めに事態を収拾しないと」

フェイは急に責任感を持ち、事態を収束させるべく、奇策を思いつく。

そして彼女は、マリエールに向かって大声で呼びかける。

「マリー！　和也様がマリーとどうしてもお話しがしたいんですって！　あなたの素敵な能力が気に入ったって！　ねえ、和也様そうですよね？　マリーの危なくない魔法を近くで見たいですよね？」

「うん！　マリエールさんの魔法すごかったよね！　もっと見たいし、色々と話を聞いてみたいね」

攻撃の止み間に、フェイと和也の声がマリエールの耳に届く。

それを聞いたマリエールは——キョトンとした表情を浮かべる。

「……え？　私と話がしたいですって？」

「そうよ！　だから、魔力や諸々の力を抑えてちょうだい。さすがに、これ以上は結界が保たないわ。それに、周辺がものすごいことになっているから！」

マリエールは、フェイに言われたように周囲を見渡す。

炭化している木々や、クレーター状になっている地面、そして爆炎の影響で天候さえ変わっている空が見えた。

自分がなにをしでかしたのか理解したマリエールは、少し恥ずかしそうにしてこめかみに拳を当てると――

「ちょ、ちょっとだけやりすぎちゃったかなー？　ほ、ほら！　色々とストレスがあったのよ。ちょっとだけ、そう、ちょっとだけイラッとしちゃった感じかな？　ご、ごめんね？　え、えへ」

小さく舌を出して、可愛らしく謝罪をした。それから急に態度を改めると、魔族のトップらしく威厳をもって挨拶をする。

「改めて。無の森の盟主である和也殿。魔王城まで来ていただけることを本当に感謝する。私は魔王マリエールである。我らはあなた達の訪問を心から歓迎しよう」

「はじめましてー。和也だよ。こっちがスラちゃん1号で、イーちゃんにネーちゃん、それにホウちゃん、ルクアさんでしょ、それと、センカさんはもちろん知っているよね？　ほかにもリザードマンさんにキラービーさんがいっぱいいるでしょ……ん？　大丈夫だよー。ちびスラちゃん達を忘れるわけないいじゃないかー」

マリエールの挨拶を受け、和也も自己紹介する。

和也は次々と仲間の紹介をしていったが、当然ながら、マリエールはすべての名前を覚えられるわけもない。彼女は目を白黒とさせて戸惑っていた。

そんな様子を見て、スラちゃん1号が助け船を出す。

「和也様。そんな一気にお伝えしても覚えきれませんよ。まずは和也様と私くらいでいいのでは？」と伝えるように触手を動かす。

「そう？　じゃあ、またあとでみんなを紹介するね。それで、マリエールさんのお友達を紹介してもらっていいかな？　後ろで待ちわびているようだけど大丈夫？」

和也の言葉に、マリエールが振り返る。

そこには魔王を守るために やって来た精鋭部隊がおり、今にも攻め入ろうとしていた。

23. 一息を吐く面々

マリエールの攻撃が一区切りついたのを確認した精鋭部隊が、結界を解除して突撃態勢になる。マリエールの前に立ち、防御陣形を築くつもりなのだ。

「魔王様を守れー」

「うおー。急いで陣形を形成するぞ！」

前に出た精鋭部隊の一人が、無の森勢力の中に火の四天王フェイの姿を発見する。

「あれ？　フェイ様がいるぞ？」

「まさか裏切り⁉」

「許さん。魔王様の友人でありながら裏切るとは！」

「男の子を抱いているぞ。誘拐してまで結婚したいのか——ひっ！」

最後にそう口にした精鋭部隊の一人が白目を剥いて気絶する。

いきなり被害者が出たことに、精鋭部隊の間に緊張が走る。どうやらフェイが威圧を放ったらしい。

マリエールは片手を上げ、精鋭部隊に落ち着くように命じる。

「全軍止まれ。状況は変わった。これから無の森の盟主である和也殿と会談を行う。気絶した者は介抱しておいてやれ。その者の処遇はフェイに任せておいたらいい」

精鋭部隊の一人が尋ねる。

「はっ！　しかしつい先ほどまで全力で戦っておられたのに、どういうことでしょう？　いきなり休戦協定を結ばれたとのことでしょうか？」

「ぐっ！　い、いや。それはだな……ちょっとした余興（よきょう）だったのだよ」

マリエールは苦しげにそう言うと、明後日（あさって）の方向を向いて口笛を吹く。マリエールの振る舞いはどこからどう見ても怪しかった。

精鋭部隊の面々は、いつものようにマリエールが暴走しただけだったと理解し、揃って声を上げる。

「「「「えぇー。ないわー」」」」

「な、なによ！　その顔はなによ！　個人的な憂さ晴らしで過激になったわけでは……な、なんなのよ！　お前達は私の直属部隊だろう！　魔王である私の言葉を信じなさいよ」

必死になって言い訳するマリエールに、精鋭部隊から生温かい視線が集中する。

混乱するその場を鎮めるように、精鋭部隊の隊長が号令をかける。

「全員、警戒態勢を解除しろ。魔術師は魔力展開をやめろ。おい、魔王城に戻って『魔王様のいつもの暴走』と伝えてこい」

「はっ！」

「え？　そういった命令は普通、魔王である私が――」

てきぱきと指示を出していく隊長と、それにてきぱきと応える部下達。魔王の暴走に付き合わされるのには慣れているらしい。

改めて、精鋭部隊の魔族達は、和也が率いている魔物達を眺める。

「よかったー」

「ああ、無の森の魔物と戦うなんて死を覚悟するよな」

「あの武器を見ろよ。打ち合ったら、こっちの剣が折れるのは間違いないぞ。防具も役に立たないだろうな」

「リザードマンがいるぞ。あれって職業持ちだよな？」

「キラービーまで引き連れているのか……どうやっても無理だろ……」

無の森の魔物達が装備している武器や防具は神々しさを放っていた。また、彼ら自体から漂うオーラも尋常ではない。

そしてなにより、その隊列は練度の高い軍隊のように整然としていた。のんびりした空気を醸しながらも、まったく油断がないのだ。

魔王の精鋭部隊といえど、どうあがこうとも勝てる見込みはなかった。そこには、よくて時間稼ぎができる程度のレベル差があるとわかってしまう。

そこへ、スラちゃん1号がやって来る。スラちゃん1号は「まあまあ、皆さん。はじめまして。和也様のパートナーを務めさせてもらっている、スラちゃん1号です。まずは休憩されてはどうでしょうか？　ここまで全力で走ってこられたと聞いております。冷たい飲み物を用意しました。マリエールさんもどうぞ」と触手を動かした。

スラちゃん1号の言葉に合わせるように、イーちゃん達はテーブルや椅子を用意し、ちびスラちゃん達はコップに飲み物を注いでいく。

❖ ❖ ❖

結局、スラちゃん達に促されるまま、席に着いたマリエールと精鋭部隊の面々。

彼らは手渡されたコップを見て、驚愕の表情を浮かべた。

「氷が浮かんでいる？」

「これはミード？　なんて芳醇な香りなんだ」

「こっちはエールじゃないか」

「お酒は飲めなくて……え？　果実水もある？　あ、どうも」

全員にコップが渡ったのを確認して、和也が唱和を促す。

「じゃあ、皆さんのお出迎えに感謝して――」

それに応えるように無の森の面々が大歓声を上げる。

釣られるように、魔王達も唱和する。

「「「「かんぱーい」」」」

肉体的にも精神的にも疲れていた魔物達・魔族達両陣営は、飲み物を一気に飲んだ。

その反応は、二つに分かれた。

無の森の面々にとってはいつもの味であり、彼らは和也に感謝して飲み物を楽しんだ。

一方、魔族達にとっては、生まれてはじめての極上の味わいである。そのあまりの美味しさに彼らはパニックになり、表情を歪ませていた。

マリエールは以前、和也にプレゼントされたことがあったので、和也製の飲み物を味わったことがあったが、できたてを飲むのははじめてだった。

その新鮮さに舌鼓を打つマリエールのもとにフェイがやって来る。フェイはホウちゃんに乗り、相変わらず和也を抱いていた。

ハイテンションのフェイが一気にまくし立てる。

「マリー。さっきはごめんね。でね、何度も言ってるんだけど、この方が和也様よ。本当に可愛いでしょ？　無の森勢力にこんな可愛い子がいるなんて思わないよね！　あの銅像って、スラちゃん3号さんのイメージで作ったらしいの。それで……じゃじゃーん！」

フェイは懐から人形を取りだした。それは、和也をデフォルメした最新作らしく、スレイプニルのホウちゃんに乗った和也人形だった。

マリエールは頬を引きつらせながらも興味を示す。

「え、なにそれ？」

「ふっふーん、いいでしょう。スラちゃん3号さんにもらったのよ。まだこの一点しかないレア物なんだって！」

フェイはそう言うと、じたばたする和也を抱きしめ直す。

「フェイさん。あまりくっつかれると動きにくいよー」

和也は苦しそうに文句を言うのだった。

その後、魔王城に状況を伝えに行かせた魔族が戻ってきた。

魔族はひざまずき、マリエールに報告する。

「魔王様！　魔王城より伝言です。『出迎えの準備は整っております。いつでも和也様を魔王城に連れてきてください』とのこと。通常警戒モードに戻したとの報告もあわせていたします」

「ご苦労。とりあえずは、ちびスラちゃんから飲み物を受け取って休憩するがいい。それと、ここには風呂もあるから入ってもいいそうだ。貴様の功績には恩賞を与えることにしよう。ん？　どうして不思議そうな顔をしている？　今回のような緊急事態において、お前の迅速な伝言は勲一等(くんいっとう)だぞ？」

「はっ、すみません。こうしたことに慣れていないもので。ありがとうございます！　身重(みおも)の妻に自慢ができます」

魔族は嬉しそうにマリエールに頭を下げると、ちびスラちゃんからコップを受け取り一気に飲み干す。そして鎧を脱ぎながら、慌ただしく浴場へ向かっていった。

その背を見送りながら、マリエールは呟く。

「身重の奥さんか……彼への褒美は決まったな」

「……そうね。あれほどの働きをしてくれた彼には、勲一等として竜族との戦いで突撃部隊の先頭に立ってもらいましょう。ふっふっふ、いち早く駆け抜けられるように武器・防具なしでね。さらには、魔力検知されないように呪具（じゅぐ）で魔力も封印してしまいしょうか」

とんでもないことを言うフェイに、マリエールはツッコミを入れる。

「どれだけ既婚者に恨みがあるのよ!?　恩賞は、出産に立ち会うための休暇に、金一封と後方勤務でよいでしょ！」

そんなふうにして、二人で酒を酌み交わすマリエールとフェイ。

先ほどまで一緒だった和也は、精鋭部隊をグルーミングするため、一緒にお風呂に行っていた。

フェイが残念そうに言う。

「ぐぐっ！　私が男なら和也様と一緒にお風呂に入れたのに！」

「なに言っているの？　男になったら本末転倒でしょうが。それよりも、さっきの件だけど――」

マリエールが恩賞の件に話を戻そうとすると、フェイは和也人形を抱きしめ、駄々っ子のように地団駄（じだんだ）を踏んだ。

「だってー！　だってー。羨ましいもん。ズルいもん。既婚者なんて地獄に落ちればいいもん」

そんなフェイを、マリエールは憐れむような表情で見つめていた。

二人の周りには、大量の樽が並んでいる。

マリエールが、不貞腐れた顔をするフェイに言う。

「フェイ、その癖直したほうがいいわよ。それにいいじゃない。和也殿とは今、いい感じになっているのでしょう?」

「そうなんだけど！　幸せの最前線にいない私からすれば、どうしても羨ましくなっちゃうの！」

幸せに満ち溢れている者を見ると、竜族の地へと飛ばしたくなるのは、フェイの癖みたいなものらしい。それは、和也と出会った今も治らないようだ。

「自分が幸せを掴みそうになっているのに、なにしているのよ」

そう言ってマリエールが呆れたような視線を向けると、フェイは「……だってだって」と呟き、ジョッキに並々と注がれたエールを一気にあおった。

そして、フェイはジョッキを机に叩きつけると、酔いが回ったのか、ふらふらの状態でさらに駄々っ子になる。

「らっってー。じゅるいじゃない！　もうしゅぐ子供が産まれりゅのよ！　『魔王様から勲一等として休暇と金一封をもらった。それだけじゃないぞ！　なんと内勤になったんだ』『まあ。じゃあ、この子が産まれるときは、あなたが側にいてくれるのね』『当然だ。魔王様はそこまで考えて恩賞をくださった』にゃんてゆうにょよー。うりゃやましいじゃにゃい」

突然はじまったフェイの寸劇を見ながら、マリエールはため息を吐く。

「またか……なんで台詞のときだけスムーズに言えるのかしら？」

酔うか失恋すると暗黒面に落ちる、フェイの悪癖であった。フェイはさらに続ける。

「しょれでで二人は、暖かい暖炉の前で話を続けりゅの。『マリエール様には本当に感謝ね。女の子だったらマリエール様と似た名前にしましょう』『そうだな。俺達の子供ならマリエール様に似た可愛い子になるだろう。どうせなら、和也様の側室にどうだろうか？』『素敵！　強い方に嫁げるなんて』……にゃんてことなの！　ましゃか私に危機がやってくりゅなんて！」

「はいはい。おかわりを注いでおくわねー」

一人芝居を続けるフェイの相手を、面倒くさそうにするマリエール。

途中で飽きたのか、マリエールはちびスラちゃんに声をかける。和也を案内するために派遣していたルクアを呼び寄せ、これまでの状況を確認しようと思ったのである。

連れてこられたルクアは、うつろな目でブツブツ言うフェイを見てギョッとしていた。

マリエールから「気にする必要はない」と伝えられると、ルクアはあいまいに返事をしながら、父親であるマウントのことも含めて、これまでの活動の報告をした。

「……父も母も活動継続中です。なお、いまだに人族とは遭遇しておりません。もちろん、警戒は続けます。そのほかに報告しておくべきこととしては、無の森で採れる物はすべてが伝説級の素材であり、食べ物や飲み物が絶品であることが判明しました。もちろんそれだけでなく、和也様達が持っている装飾品や武器防具、それらは恐ろしいほどの性能を秘めております」

「やはり無の森への干渉は不要だな。それどころか交易をはじめただけで、魔王領の経済が破綻しそうだ。貴重品を少しずつ交換する感じでいいと思うが——」

するとと、突如としてフェイが顔を上げて大声を出す。

「どうして！　和也様は私の夫なのよ！　私とスラちゃん1号が許可を出さない限り認めないわ！　いくら副正室だからといっても認められないわ！」

どうやらフェイの妄想の中では、自分が和也の正室でマリエールが副正室となっているらしかった。

マリエールは額に手をやり、呆れつつ告げる。

「……私も和也殿のハーレムに入るのか。そして私が副正室とは……魔王の威厳もへったくれもないわね。寸劇が終わったようだし、ルクア、報告会を続行しましょうか」

再び、フェイが顔を上げて言う。

「ちょっと！　寸劇ってなによ。いい？　このままだと正室としての私の立場が弱くなると。まずは立場を教え込むのが大事なのよ。そこのところわかってるの？　あれ？　なんの話をしていたんだっけ？」

「やっと戻ってきた。今回は長かったわねー」

我に返ったフェイに、マリエールは笑みを浮かべると、ため息を吐きながら声をかけるのだった。

24．会談がはじまる

ルクアは戸惑いながらも、報告を再開する。

「では、続きを。無の森には和也様の居城がある場所を中心に、東西南北に砦が作られております。それぞれを拠点として素材集めが行われ、特産品も作られております。コイカの糸は二十四時間体制で生産されており、魔力を帯びた宝石も順調に集められています。そのほかにも――」

マリエールはルクアの話を聞きながら、頭痛を緩和させるようにこめかみを押さえていた。聞かされた報告はあまりにも常識から逸脱していたのだ。

「無の森に手を出すなんてありえないのよね。ひょっとして、竜族が一時的に攻勢を止めているのは、無の森を探索しようとしているからなのかしら？　むしろそれなら、竜族を誘導して無の森に手を出すように仕向けて……さすがにそれは、和也殿への不義理になるからだめね」

「スラちゃん1号さんが聞いたら激怒しますわ。絶対にやめてくださいませ」

マリエールの思いつきの意見に、ルクアはものすごい目力で抗議した。

そんな作戦が実行されて無の森の拠点が竜族に攻撃された場合、竜族の軍はすぐに壊滅するであろうが――それが魔王による計略だとバレたら、スラちゃん1号がなにをしてくるか、ルクアは想像さえできなかった。

マリエールは笑みを浮かべて言う。

「はっはっは。私がそんな無様な結末を選ぶわけないだろう。それなら最初からマウントやグラモを無の森に派遣したりしない。彼らを派遣することで、魔王領の戦力は著しく低下しているんだぞ。フェイもそう思うだろ？　……えー。ここで寝落ちはないわー」

青い顔をしているルクアを安心させ、フェイに同意を求めようとしたマリエールだったが――フェイは机に突っ伏して静かに寝息を立てていた。

そんなフェイに、ちびスラちゃんが毛布をかけてくれた。それ以外のちびスラちゃん達は、片付けをはじめている。

テキパキと動いているちびスラちゃんを見て、マリエールは感心したような表情を浮かべる。

「それにしても、ちびスラちゃんは優秀だな」

「本当にそうですわ。私も拠点で一緒に働いておりますが、とても敵う気がしません」

「万金に値する働き方だな。正直、給金に糸目はつけないから、私の部屋に派遣してもらいたいくらいだ。見た目も可愛らしいから癒やされるものね」

そこへ、和也の声が割って入ってくる。

「それだったら何匹か行ってもらう？　俺は別にいいよ。良い子を選んであげてよ。スラちゃん1号」

和也は風呂場で精鋭部隊達全員のグルーミングを終え、戻ってきたようだ。和也の頭の上にはスラちゃん1号が乗っている。

和也はフェイが酔い潰れているのを見ると、スラちゃん1号に向かって言う。

「フェイさんが寝ているけど、このままだったら風邪引くよね？　休憩場所に連れていってあげてくれる？」

スラちゃん1号は「スラちゃん5号の手が空いているので、彼に運ばせましょう」と和也に伝えると、触手を動かして交信をはじめる。

ルクアは「彼？　え、エンシェントスライムって性別があるの？」と言いたげな視線を向けるが、スラちゃん1号はルクアにも手伝ってくれるよう命じる。

スラちゃん1号の会話が理解できないマリエールが困った顔をしていると、そのことに気づいた和也が通訳をする。

「えっと、ルクアさんにもフェイさんを運ぶようにお願いをしているよ」

「そうなのですね。では、ルクア。フェイを頼みましたよ」

その後、すぐにスラちゃん5号がやって来て、ルクアと一緒にフェイを運んでいった。


マリエールが、フェイが丁寧に運ばれていく様子を見て安堵していると、和也が話しかけてくる。

その内容は、精鋭部隊にグルーミングした際に感じた感想で、鍛えられている筋肉が素晴らしいことなどであった。

部下を褒められたマリエールは嬉しそうな顔をする。

「そこまで評価してもらえると、主人である私も誇らしいよ」

「みんないい人で、俺がグルーミングしたら涙を流して喜んでくれたんだよ！　それにね、『魔王様とも仲よくしてください』って全員が言うんだ。そんなこと言われなくても仲よくするのにねー」

「そうしてもらえると、私としても嬉しいかな。和也殿とは末永く仲よくしたいと考えている」

マリエールはそう言って少し照れくさそうに和也の顔を見ると、スラちゃん1号に注がれたお酒を美味しそうに飲んだ。

和也がふと思いだしたように言う。

「じつはマリエールさんにプレゼントがあるんだよー。ねー、スラちゃん1号」

「プ、プレゼントですか……？」

ニコニコ顔で話す和也に、マリエールの顔が引きつる。今まで和也からもらった一覧が、彼女の脳裏に浮かんだのである。

伝説の素材をふんだんに使った装飾品、絶滅したと言われていた魔物の燻製肉、伝説の果物で作ったドライフルーツ、オリハルコンやミスリルを詰め合わせた物などなど……

今、着ている魔王の礼服も、和也からもらったコイカの糸を使って修繕されている。

これだけの物をもらえば、どうお返ししたらいいのかわからない。マリエールは現実から目を背けるように棒読みで言う。

「わー。ものすごく嬉しいですー。なにをもらえるのですかー？」

マリエールの前に、小さな箱が置かれる。

そして、心の準備ができていないうちに――箱が開けられてしまう。

「じゃじゃーん！　マリエールさんへのプレゼントはティアラですー。ほら、この正面にある石がきれいだと思わない？　この前ネーちゃんと一緒に採りに行って、大きいのを見つけたんだよ。マリエールさんにあげようと思って、スラちゃん1号と一緒に作ったんだよねー。ねー、スラちゃん1号」

満面の笑みを浮かべてティアラの説明をする和也と、それに合わせて触手を動かすスラちゃん1号。楽しそうにしている彼らとは対照的に、マリエールは呆然としていた。

喜んでもらえると思っていた和也だったが、マリエールの反応を見て首をかしげる。

マリエールの目はティアラを凝視して瞬き一つすることなかった。先ほどまでのほろ酔いな感じも吹っ飛んでいるようである。

「おーい。マリエールさーん。どうかしたのー？　ひょっとしてティアラが気に入らないのかな？ものすごい目力で凝視しているけど？　……ねーねーマリエールさーん」

身動きしないマリエールに、和也は何度も語りかけるが、反応はなかった。目の前で手を振ったり、覗き込んだり、ティアラを取り上げてみたりしてもだめだった。

そのとき、マリエールはティアラを鑑定していた。

〈『和也のティアラ』って名前は置いておいて。なんとも恐ろしい性能が付与されたティアラね。なに、攻撃魔法無効って？　え、これを装備したら攻撃魔法がいっさい効かなくなるの？　それに全身の自動洗浄まで付いているって……これで洗濯しなくても暮らせるようになるってこと？　でも一番ツッコみたいのは、ランダム弱光魔法付与ってやつよね。なんなのこれ？　ランダムに光り輝くの？　確認するには、やっぱり装備してみないとだめ……よね。見なかったことにして魔王の宝物庫に入れ、永遠に封印しておきたいけど。ところで、これを作るために必要な素材はなに？

どれだけ必要に……え？）

鑑定結果を確認しながら、逐一ツッコミを入れ続けるマリエール。

手に持っているティアラは、魔族・竜族・人族、いずれの種族の誰も見たことがないといっても過言ではないほどの、逸品であった。

歴史書を紐解いてみても、攻撃魔法だけを無効化するという都合のよい装備は存在したことがない。魔王のスキルに似たようなものがあるが、それは相手の強化魔法を無効化するものであり、それほど使い勝手のよいスキルではなかった。

「和也のティアラ」の攻撃魔法だけを無効化というのは、かなり実戦向きの特殊効果である。

実際に効果を試してみたいと思うマリエールだったが――ティアラを装備すると、あとには引けない気がするので躊躇（ちゅうちょ）してしまう。

マリエールは何度も鑑定結果を見て、なぜか、間違いがあることを期待した。しかし、内容を隅から隅まで読んでも、なにも変わらなかった。

「きゃ！　な、なに？　え？　和也殿、なにを？」

突如、マリエールの身体に電流が走る。

何事かと慌てて視線を向けると、和也が万能グルーミングで作りだしたブラシで、マリエールの髪をブラッシングしていた。

和也は、申し訳なさそうに謝罪する。

「可愛い女の子の髪を梳かすのに、許可を取らずにするのはだめだったよねー。いや、そもそも女の子の髪を勝手に触っちゃだめだよね。こっちに来てからそういうことをしても誰も怒らないから、大丈夫だと思っていたよ。ごめんね」

「い、いや……気にしなくていいですよ」

「そっかー。じゃあ、このまま続けるね」

ブラッシング自体は、普段からメイド達にさせているので問題ない。

ただ、和也が自分を「可愛い女の子」と言ったこと、そしてブラシが髪を通るたびに心地よい電流が全身に流れることが気になっていた。

楽しそうにブラシを動かす和也と、軽く目をつぶって受け入れるマリエール。静かな時間が流れる中——爽やかな声のようなものがマリエールの耳に届く。

「和也様のグルーミングはどうですか？　魔王といえども耐えられないのでは？」とドヤ顔で話してくるのは——スラちゃん1号だった。

「ええ。そうですね。ここまで気持ちいいとは思いませんでした。素晴らしいものだと報告で聞いていましたが、実際にブラッシングしてもらうと、その意味がものすごくわかりますね。今まで調子の悪かった身体が一気に蘇る気が……え？　今の声ってスラちゃん1号さん？」

報告では、意思疎通できない魔物であっても、和也のグルーミングで会話ができるようになるとあった。それまで半信半疑だったマリエールだが、実際にスラちゃん1号の声を聞け、ただただ驚いていた。

「なるほど。報告は本当だったか。改めてはじめまして、私は魔王領を統べる魔王マリエールである。無の森盟主・和也殿の最高守護者であるスラちゃん1号殿」

「まあ、そんな大げさな。リラックスしていても、あなたの力は感じ取れます。フェイさんも和也様にふさわしい方だと思っていましたが、魔王様も和也様と仲よくなっていただけませんか？」と上下に弾みながらスラちゃん1号が伝えてくる。

マリエールは戸惑いつつ返答する。

「そ、それは一考する価値はあるわね。でも和也殿と仲よくするなんて……フェイがなんと言うか」

ブラッシングに一所懸命になるあまり、和也はマリエールとスラちゃん1号の会話を聞いていなかった。

彼は不思議そうな顔をして会話に参加してくる。

「ねーねー。なんの話をしているのー？　俺も交ぜてよー。ブラッシングが終わったから、今度は爪のお手入れもしようかなー。こっちは話をしながらでもできるよー。いでよ！　万能グルーミング！」

和也は、万能グルーミングで爪切りとヤスリを作りだした。さっそくマリエールの爪の甘皮を落とすため、コットンを巻きつけたキューティクルスティックでケアをはじめる。

それを終えると、スラちゃん1号が作った美容液を塗って爪に潤いを持たせていった。

「ふっふふーん。きれいになってきたねー」

「和也殿は女性の扱いが上手いのだな」

爪のお手入れをしながら、手のマッサージもしている和也のきめ細かな気遣いに、マリエールがウットリした表情になる。

そのとき、スラちゃん1号が爆弾を落とした。

「和也様。マリエール様が和也様と仲よくなりたいそうですよ。ティアラも気に入られたようなので、婚約の証（あかし）としてプレゼントしてはどうでしょうか？」

「え？　え⁉　な、なにを言っているの？　やだなー。スラちゃん1号。マリエールさんがいくら可愛くてきれいだからといって、俺のお嫁さんにしようと思ったらだめだよー。結婚は本人の意思が大事なんだからねー」

和也はスラちゃん1号に赤い顔をして抗議をしたが、マリエールのほうも和也から「可愛い」や「きれいだ」と言われ、真っ赤になっていた。

和也とマリエールが赤い顔をして見つめ合っているのを、微笑ましそうに見つめるスラちゃん1号。

しばらく続いたその沈黙を、マリエールが咳払いをして破る。

「ごほっごほっ、そ、その、こういった話は、後日、落ち着いて検討しようではにゃいか！」

「そ、それがいいと俺も思うなー。もう！　いつもスラちゃん1号は唐突だから焦っちゃうよ！　勘弁してよね」

思いっきり噛んだ魔王の言葉に乗っかりながら、和也も恥ずかしそうにスラちゃん1号に抗議をする。

少し前に、四天王筆頭フェイと「婚約する前に、友達からはじめよう」と話したばかりであり、連続の色恋展開は和也のキャパシティを超えていた。

スラちゃん1号は「ふふふ。それは申し訳ございません。ですが、お二人はお似合いですよ。マリエールさんにフェイさん、それと及第点ギリギリでルクアさんですかね。和也様のお嫁さん増産計画、序章のはじまりですね」と嬉しそうにする。

じつは、スラちゃん1号としては、和也に早く結婚してもらい、子供をたくさん作ってほしいと考えていた。

自分のように分裂することも、分体を生みだすこともできない種族である和也。スラちゃん1号が恐れているのは、和也が亡くなり、守るべき主君がいなくなることである。

スラちゃん1号が、誰に伝えるでもなく一人呟くように動く——「前のご主人様が亡くなったときは、彷徨(さまよ)っている間に意識がなくなり野生化しそうになりました。それは、ご免ですからね」。

スラちゃん1号の元の主人は、数代前の勇者である。

彼がテイムしたエンシェントスライムがスラちゃん1号であり、スラちゃん1号は当時の魔王を討伐したメンバーの一員であった。

当時のスラちゃん1号は、パーティの防御や日常生活のサポートを中心に行い、世界に平和をもたらすまで勇者と一緒に苦楽をともにしてきた。

——そして、勇者の死後。

スラちゃん1号を引き取るという者は現れず、扱いづらい魔物として無の森に放逐(ほうちく)された。

そうして長い時間を経て意識を失い、ゆっくりと野生化していったのだ。

スラちゃん1号は感慨深そうに「あと少し野生化した状態が続いていたら意識は完全に消滅し、分裂を繰り返して単なるスライムとなっていたかもしれません」と身体を動かす。

続けて「それにしても、和也様のグルーミングはさすが創造神エイネ様の能力だとわかりますね。神の手によるグルーミングのおかげで、昔以上に能力が出せるようになりました」と嬉しそうにした。

なお、スラちゃん1号のこの思念は、和也にもマリエールにも届いていない。

マリエールと見つめ合って恥ずかしそうにしている和也が、話を変えようとスラちゃん1号に話しかける。

「ど、どうしたの。スラちゃん1号。なにか考え事？」

スラちゃん1号は「なんでもありませんよ」と答えると、和也を落ち着かせるために炭酸飲料を用意して手渡すのだった。

和也とマリエールが意識し合っている頃。

ルクア達によって強制連行されてベッドに寝かされていたフェイが、急に覚醒して勢いよくベッドから起き上がった。

あまりの勢いに驚いたルクアが尋ねる。

「きゃあ！　ど、どうかされたのですか？　フェイ様」

フェイは厳しい顔をしたまま微動だにせず、じっと遠くを見ている。

「嫌な予感がします。なにか重大なことが起こっている気が……」

静かに呟くフェイに、ルクアは焦った表情になる。ルクアは、四天王筆頭ならではの嗅覚でフェイがなにか国の一大事を掴んだのかと思った。

「……竜族の動きに、なにかあったのでしょうか？」

ルクアが真剣な表情で尋ねると、フェイは軽く首を横に振ってベッドに座り直す。

「感覚的なものなので、気にしなくてよいでしょう。お水をもらえますか？　先ほどは、さすがに飲みすぎたようです」

「すぐに用意します！」

慌てて水差しからコップへ水を注いで手渡すルクア。

フェイは一気に水を飲むと、酔いを醒ますように頭を左右に振り、意識をハッキリさせる。そしてベッドからゆっくりと立ち上がり、ルクアに微笑みかける。

「では、和也様のところに行きましょうか」

「感じた嫌な予感も、マリエール様に報告しておいたほうがいいですわね」

フェイはルクアの問いに首を横に振って「そこまでの話ではない」と伝えると、そのままルクアを連れて和也とマリエールがいる場所に向かった。

「ふふっ。なるほどね」

「そうなんだよー。そのときのスラちゃん1号がすごくてねー。溶解液を噴きかけてくるから洋服を使って防いでさー」

「もう！　そのときのお話はしなくていいです。意識が朦朧とした状況で、和也様がご飯にしか見えなかっただけですから！　その後グルーミングで意識が鮮明になってからは、和也様を大事にしてるじゃないですか！」

「……え？　なにコレ？」

先ほどまで自分が酔い潰れていた場所。マリエールと飲んでいた場に戻ってきたフェイの視界に、楽しそうに話し込む三者の姿があった。

二人でいるときにはしないような優しげな笑みを見せるマリエール。心底楽しそうな和也。一緒に笑っているように見えるスラちゃん1号。

「まるで円満な家庭みたいじゃない！」

思わず全力で叫んだフェイに、驚いた一同が視線を向ける。

その視線すら、フェイからすれば部外者として見られているような疎外感を覚えさせた。

フェイが青筋を立てて、マリエールに詰め寄る。

「マリー。私が理解できるように説明してちょうだい。私の大事な和也様になにしようとしているの？」

「なにをしようとしている、ですって？　特になにもしてないわ。仲よくしているだけよ？　それに『私の大事な和也様』なんていないわ？　ここにいるのは、みんなの和也殿だからね」

フェイは魔力を集中させ、いつでも解き放てるようにしていた。

そんな不穏な動きをするフェイに、マリエールも悠然と構える。万が一のため、マリエールは和也のティアラを装備していた。

フェイはさらに責め立てる。

「そんなわけないわ！　『私の大事な和也様』で間違いないわよ！　さっきのあの甘い空気はなに!?　どう見てもラブラブカップルじゃない」

「ふふっ。フェイにそう見えたのなら、その通りなのでしょうね？　それで、もし本当にそうだったらどうするの？　その『私の大事な和也様』がいるのに攻撃でもするつもり？」

言い争う二人の隣で、和也はスラちゃん1号にグルーミングをしはじめた。そんな和也に視線を向けながら、マリエールは鼻で笑ってフェイを挑発する。

フェイが怒りを露わにして叫ぶ。

「私のほうが先に和也様との婚約を認められたのよ！　順番を守りなさいよ！」

「へー。スラちゃん1号殿からは、そんな素敵な話、聞かされなかったけどね。婚約って、フェイの妄想じゃないの？」

長い冬が続いていたフェイに、ようやく訪れた春、そう思って喜んでいたにもかかわらず「妄想」扱いである。

フェイはついに激怒した。

集めていた魔力を一気に身体強化に回すと、フェイはマリエールの襟首を掴んで、はるか遠方に全力でぶん投げる。


「ちょ……きゃぁぁぁぁぁぁ」


マリエールの悲鳴が遠くなっていく。

だが、それだけでは終わらない。吹き飛ぶマリエールを追い抜くように、フェイは加速――マリエールの着地点を予測して回り込むと、マリエールの顔面に全力で拳を振った。

「舐めるな!」

マリエールもやられているだけでない。その拳を、空中で軽く受け流す。

初撃をかわされたフェイは、逆の手でマリエールの肩をつかむと、身体を回転させて、その勢いのままに蹴りを放った。

「くっ!」

「そのままもっと吹き飛びなさい」

両手をクロスさせて防御するマリエールだったが、勢いを止めることはできず、激痛とともに飛ばされる。

「そして、消し飛びなさい！」

フェイは連続詠唱すると、吹き飛ぶマリエールに向けて攻撃魔法を五月雨（さみだれ）で撃ちはじめた。

爆音とともに大爆発が起こり、炎、氷、そして雷の渦が立ち上がる。

しばらくして、複合魔法の嵐が落ち着いたあとには――

「やったか？　……なっ！」

無傷のマリエールが微笑みを浮かべて立っていた。

その頭上には、ティアラが載っている。

「ふっふっふ。あーはっはっは。素晴らしい！　これほどまでに攻撃魔法を無効にするのか。いや、魔法だけではなく、副次的に発生した爆風や地形効果まで影響がなくなるとは思わなかったわ。さすが『和也のティアラ』だな」

高笑いをするマリエールの立ち姿は、まさに魔王であった。

マリエールの頭上で輝くティアラに、フェイは釘づけになる。

「なぜ、和也様を呼び捨てにしてるのよ！　というか、和也様のティアラってなに!?　そのティアラが和也様からのプレゼントなのね。私によこしなさい！」

「いや、その理屈はおかしい」

「いいからよこしなさいぃぃぃぃ！」

目を血走らせたフェイは魔法を連発すると同時に、強化した身体を駆使して殴りつけ、蹴りを放つ。フェイの戦闘する姿は華麗で、まるで踊っているようだった。

フェイは戦闘を楽しんでいるのか、笑みを浮かべていた。一方、苛烈な攻撃を受け続けるマリエールも笑みを浮かべている。

「いいだろう。魔王に挑みし四天王筆頭フェイよ。我の恐ろしさを存分と思い知るがいい！　後悔するなよ。魔王からは逃げられない」

マリエールはそう口にすると、両手に炎と氷の魔力をまとわせた。さらには身体強化を行い、フェイと向き合う。なお、和也のティアラはもうしまってあった。フェイとぶつかるにあたり、対等の条件で戦うことにしたらしい。

連続で攻撃をしていたフェイが一息つこうと距離を取るが、マリエールはそれを許さない。

「言ったわよね？　魔王からは逃げられないわよ」

先ほどを上回る魔法を連続で撃ちながら、マリエールはフェイの背後に回り込む。そうして得意の肉弾戦に持っていく。

近距離では強力な攻撃魔法を撃つことはできない。互いに魔法を牽制として放ちながら、会心の一撃を狙う。

魔法戦はフェイに軍配が上がるが、肉弾戦はマリエールが圧倒しており、フェイは徐々に追い詰められていく。

「くっ！ 舐めるな！ 『我は炎の化身。この身には何人であろうと触れることはできない』」

フェイは自身を炎と化して、体当たりをする。

「『汝に訪れるは永遠の氷壁。すべてを閉じ込め永久のときを彷徨え』そう来るのはわかっていたわ！」

それを察知していたマリエールは、フェイを中心に氷の壁で押し潰そうとする。

炎と氷が触れた瞬間、大爆発が起こった――

マリエールがドヤ顔で勝利宣言をする。

「ふっ。私の勝ちのようね」

「う、うぅ……」

「なに、敗者の弁明があるのかしら？」

氷に囲まれた状態で、フェイが膝をつく。フェイは肩で荒く息をし、青白い顔になっていた。

フェイが身体にまとっていた炎は完全に消え去り、魔力も枯渇したのか、身体強化の効果も切れているようであった。

マリエールを見上げていたフェイの目に、涙が溜まりはじめる。

そして、その涙はすぐに溢れだした。

「うぇぇぇぇぇぇん。マリーが私から和也様を取ったー。うぇぇぇぇぇぇぇ」

「ちょ、ちょっとフェイ!?」

周囲をはばからず泣きだしたフェイに、マリエールが全力で焦りだす。慌てて駆け寄って泣きやむように伝える。

「泣くなんてずるいじゃない」

「うぇぇぇぇぇん。うわぁぁぁぁぁ。びぇぇぇぇぇ」

荒れ地の中心で、フェイは号泣していた。

二人の激戦で辺り一面は焦土と化しており、地面からは煙が立ち上り、氷柱がそこら中に生えている。

周囲には、轟音(ごうおん)を聞きつけて集まった者達がいた。彼らは遠巻きに戦闘を見ていたのだが、あまりに次元の違う戦いに声を失っていた。

号泣するフェイを見て、周囲の者達が微妙な表情を浮かべる。

その後、戦いに至った経緯をスラちゃん1号から説明されると、非難の視線がいっせいにマリエールに向けられた。

焦ったマリエールが、周囲に弁解する。

「え？　ちょっと待って⁉　私が責められる流れなの⁉　違うのよ。ちょっとフェイをからかってみただけじゃない！　それに、和也殿からいただいたティアラの性能を確認するには、ちょうどよかったの」

すると、周囲がざわめきだす。

「まさか、性能確認のためにフェイ様を使うなんて」

「ところで、スラちゃん1号さんの話が本当なら、長年求めていたフェイ様の夢が叶うのですね」

「だとしたら、さすがは和也様だな。フェイ様を『可愛い』と言ったそうだぞ」

「嘘だろ⁉　あのフェイ様を『可愛い』だって？」

「でも、マリエール様はそんなフェイ様の気持ちを利用して……」

「「「「ありえないわー」」」」

号泣するフェイ。

その近くで必死に弁明するマリエール。

周囲があれこれ好き勝手に言う混沌とした中に、スラちゃん1号のグルーミングを終えた和也がやって来る。

「うんうん。フェイさんもマリエールさんも可愛いからねー。スラちゃん1号もだよー」

和也の言葉に、フェイが反応する。

「えぐぅぅ。えっく……え？　和也様、今、私のことを『可愛い』と言ってくださいましたか？お嫁さんにしてくれると言いました？」

「ちょ!?　和也殿は、そのようなことを一言も――」

マリエールが驚いてそう言うと、スラちゃん1号は「お二人には、和也様のお嫁さんになっていただく予定ですよ。魔王城に和也様が到着したら、すぐに結婚式ですよね？」と爽やかに伝える。

話を聞いていた精鋭部隊の隊長が小さく頷き、側にいた副官に耳打ちをする。そして、命を受けた副官は敬礼をすると、魔王城に向かって伝令を飛ばした。

マリエールは顔を赤らめながら、話をごまかそうとする。

「ま、まあ。結婚の話はともかく、まずは和也殿が無事に魔王城に到着してもらうことを考えないとな。ねえ、フェイもそう思うでしょ？」

　フェイはジト目でマリエールを睨む。

「うー。まだマリーのことを許したわけじゃないからね」

「もう、ごめんって。ティアラの性能が確認できてよかったし、フェイも色々と素晴らしい物をもらっているんでしょう？」

「ティアラもらってないー。マリーだけずるいー。お酒しかもらってないー」

　露骨に話をそらそうとするマリエールだったが、藪蛇（やぶへび）だったらしくフェイの目に再び涙が溜まりはじめる。

「あれ？　そうだっけ？　スラちゃん1号。フェイさんへのプレゼントも用意してたよね？」

　和也は首をかしげ、スラちゃん1号に問いかける。

　スラちゃん1号は身体から腕輪を取りだすと、和也に手渡した。それを受け取った和也は満面の笑みを浮かべながらフェイの前に持ってくる。

「はい！　フェイさんへのプレゼント。この腕輪はキラキラした石をふんだんに使って作ったんだよ。ほら、光を当てるときれいに輝くでしょ？　マリエールさんに渡したティアラと対（つい）になっていて、マリエールさんのが光ると、フェイさんのも光るようになっているんだよねー。二人は仲よしだと聞いているから」

無邪気な笑みとともに、腕輪が手渡される。受け取ったフェイは、恐る恐るな感じで装着する。

マリエールはその腕輪を鑑定して驚いた。

魔力底上げ、威力増大、使用魔力減少、魔力自動回復――魔法を使う者であれば、喉から手が出るほど欲しい逸品であった。

和也から促され、マリエールもティアラを装備する。

「マリエールさんはティアラに魔力を通してみて。スラちゃん1号の設計では光るはずだから！」

「え、ええ。こんな感じかな？」

マリエールが和也の指示のもとティアラに何度か魔力を流すと、ティアラが光りはじめる。

その柔らかい光に周囲の者達は神々しさを感じ、思わずひざまずこうとする。それから、ティアラの光に呼応するように、腕輪から光が溢れてフェイの身体を包み込んだ。

和也はそっと呟く。

「二人ともキラキラしてきれいだよ」

周囲の者達が目をつぶるほど、強い光であった。

しかし光っている二人は、それほど眩しさを感じているわけではない。顔を伏せている周囲の者達を眺め、二人は顔を見合わせ、どちらからともなく笑いはじめた。

「ふふっ」

いく。

「ふふふ。なにこれ」

なぜか笑いが止まらない二人。そして再び顔を見合わせ、満面の笑みを浮かべて互いに近づいて

「すまなかったな。フェイ。和也殿からプレゼントをもらってちょっと有頂天になっていたみたいだ」

「こっちもごめんなさい。マリーの性格なら、私から和也様を盗ろうなんて思わないよね。私も感情的になりすぎたわ」

お互いにそう言いながら和解をするマリエールとフェイを見て、和也はなにもわかっていないのに、うんうんと頷いていた。

そしてスラちゃん1号に視線を向けて笑顔になる。

「仲よきことは美しきかなだね。よくわからないけど喧嘩していたんだね。全然気づかなかったよ。でも、俺のプレゼントで仲直りしたのなら一件落着って感じだね！」

近くにいた者達は、喧嘩の原因が自分だとわかっていない能天気な和也の言葉を聞いて唖然としていた。

25. 魔王城はバタバタしている

「伝令！　伝令！　緊急事態である！」

魔王城の門前に、伝令の魔族が息を切らせてやって来た。

誰の目にも、緊急事態であることがわかる焦り様であある。皆、魔王マリエールと四天王筆頭フェイの身になにかあったのかと騒然となった。

門番達や衛兵達が、伝令の魔族を取り囲む。

「なにがあった！　魔王様の身になにかあったのか？　精鋭部隊も追いかけていったはずじゃないのか……」

「……はぁはぁ」

息も整わない伝令の魔族に、見かねた衛兵の一人が回復魔法をかける。また別の者は飲み物を持ってきた。

しばらくして、伝令の魔族が大きく深呼吸すると話しだす。

「……絶対に驚くなよ」

もったいぶる伝令の魔族に、苛立った様子でさっさと話すように促す一同。

「緊急事態なのはわかっている。だが、どうする？　魔王様も四天王様達もいないぞ？」

「それよりも先に話せ！」

「魔王様になにかあったのか!?」

先ほどの伝令の魔族の様子を見る限り、かなりの危機であるのはわかっていた。そんなジリジリとした空気の中、伝令の魔族がついに重い口を開いた。

「マリエール様とフェイ様が結婚されることになった」

「「「「……」」」」

周囲を静寂が包む。

そして、沈黙が徐々に破られていく。

信じられないといった視線が、いっせいに伝令の魔族に集中する。その静かなるプレッシャーの中、伝令の魔族はさらなる爆弾を投下した。

「お相手は、無の森の盟主である和也様だ。先ほど、和也様が建築された砦でプロポーズされ、お二人は受けられた」

「ま、間違いじゃないのか？」

門に集まっている中で最高位の魔族が、代表するように確認する。

「和也様が装飾品を手渡され、それを二人は受け取られた。魔族が直接手渡された装飾品を受け取ったんだぞ。それも嬉しそうに。驚くなよ。マリエール様はティアラを渡され、それを身に着けながら戦われたのだ。装飾品を着けて戦われたのだぞ！」

魔族の古いしきたりにおいて、装飾品をプレゼントすることは大きな意味を持つという。また、それを身に着け続けることは相手への愛情の深さを表現するらしい。

話を聞いた一同は思わず息を呑んでいた。

伝令の魔族はテンションが高いまま話し続ける。

「それに、聞いて驚け！　フェイ様も和也様に『お嫁にしてくれる？』と言われたのだ」

「「いや、それはいつも言っているぞ」」

熱弁する伝令の魔族に、数人がいっせいにツッコんだ。

フェイが求婚しまくっているのは有名であり、知らないのは若い魔族くらいであった。フェイの話は軽く流され、マリエールが結婚する話に一同の関心は集中した。

伝令の魔族が慌てたように言う。

「そうだ！　あと少しでマリエール様とフェイ様と和也様が魔王城にやって来るぞ。迎える準備を整えないと！」

再び一同は沈黙し、今度は困惑の表情を浮かべる。

魔王城には今、政務や祭事を執り行う責任者がいない。普段なら魔王マリエールや四天王筆頭フェイが仕切り、二人がいない場合はほかの四天王が責任者になるのだが――土の四天王マウントは無の森へと派遣されており、風の四天王カウィンは和也を迎えに行って不在。もう一人の四天王も出払っていた。

魔族達がざわめきだす。

「どうする？」

「どうすると言われても……」

「文官はどうしている？」

「だめだ。あいつらは、魔王様と四天王のどなたかが決裁したものしか実行できない。そのように契約魔法で縛られている」

「じゃあ、どうするんだよ」

和也がやって来る。しかも、魔王マリエールと四天王筆頭フェイの婚約者としてである。そんな一大イベントが発生して困惑している中、どこか気の抜けた声が一同の耳に入ってきた。

「なにかあったのですかー？」

「クリン様！」

腰まで伸びた青い髪、青い瞳が印象的なその女性――クリンは、柔らかな微笑みを浮かべてゆっくりと近づいてくる。

クリンに向かって、伝令の魔族は恭しくひざまずき、ほかの一同もならう。

伝令の魔族が、クリンにこれまでの出来事を報告する。

「水の四天王であるクリン様、よくぞお戻りに。じつは先ほど、あまりに急な話なのですが、魔王様とフェイ様が無の森の盟主である和也殿と婚約されました。そしてこちらに向かわれており、どうすればいいかを一同で考えていたのです。我々では処理できず困っております。クリン様、どうか我々にご指示をいただけませんでしょうか？」

「そっかー。マウントちゃんもいないのよねー。仕方ないわねー。じゃあ、私が責任取るからみんなで頑張ろっかー。それにしても、マリエール様とフェイちゃんが同時に婚約するなんてねー。ふふふ。面白いことになってきたわね」

艶やかに笑いながら、次々と指示を出していくクリン。

その目は先ほどまでの柔らかい眼差しではなく、面白いおもちゃを見つけたようにキラキラと輝いていた。

四天王が一人いるだけで、周囲に安心感が生まれ、活気づいていく。

トラブルが起きたと思って身を隠していた文官達もワラワラと現れ、クリンからの指示を受けはじめた。契約魔法で縛られているため、動きたくても動けなかった彼らだが、四天王のクリンによ

る命令で精力的に動きだす。

城門にいた一同は、魔王城全体に準備をはじめるように伝えるために散らばった。

一通り指示を出し終えたクリンは、小さく微笑みながら頷いた。

「まさか、マリーちゃんまで婚約するなんてねー。次の魔王様選びは簡単かなー。前と違って、マリーちゃんの子供が引き継げばいいもんねー。フェイちゃんはともかく、マリーちゃんまでもが虜（とりこ）になるなんて、和也さんってどんな方なんでしょうね。お姉さんは興味津々（きょうみしんしん）だなー」

26．魔王城の騒動を知らない一同

「じゃあ、マリーは和也様と婚約するつもりはないの？」

「ああ。今のところは考えていないわよ」

「『今のところ』か……その言い方だと、なにかあればすぐにも婚約しそうなのよねー。でも、正妻の座は譲らないわよ！」

マリエールとフェイが心温まる（？）話し合いをしていた。

昨日の心たぎる争いは、周囲を焦土に変えたが……今その場所は、ちびスラちゃんとキラービー達によって、陥没した箇所は平らにならされ、花まで植えられていた。

ちびスラちゃん達が作りだした植物促成の溶解液の効果は絶大だった。たった一日で、一面に花が咲き乱れている。

その花畑を見た和也が感嘆の声を上げる。

「うわー！　すごいー。マリエールさんとフェイさんが遊んでいた場所がお花畑になってる。あんなに穴が開いていたのに元に戻ってるし、お花まで咲いてるなんて！　ちびスラちゃんとキラービーさんが直してくれたの？　むふー！　どう？　マリエールさん、フェイさん。うちの子達は優秀でしょう！」

和也がドヤ顔で、マリエールとフェイに話しかける。

二人は和也の正妻の座を巡って牽制し合っている最中であったが、先にフェイが反応する。

フェイは慌てて笑顔を作ると、和也に抱きついた。

「おはようございます。和也様は今日も可愛いですねー」

「わわわ！　ちょっと、フェイさん。朝から抱きつかないでよー。もう甘えん坊さんだなー。マリエールさんもおはよう」

フェイに抱きつかれ、頬ずりをされた状態の和也。

フェイは、自分の頭をなでる和也の手に優しさを感じながら、蕩けるような表情になっていた。

そんな仲むつまじい姿を見せつけられたマリエールは、和也に挨拶を返す。

「ふふっ。仲がよくて素晴らしいですね。フェイのためにも、私は和也殿と話さないほうがいいのかな？　それにしても、和也殿の部下は本当に優秀だな。一晩で土地を復旧し、さらには花畑まで作るのだからな」

「でしょー。ちびスラちゃん達もすごいけど、キラービーさん達も補助をしてくれたからね。おかげで格段にスピードが上がったらしいよー。あとでみんなにはお疲れ様グルーミングだねー。わわわ！　フェイさん。なにするのー」

和也とマリエールが話していると、フェイが頬を膨らませて、和也の身体を持ち上げた。お姫様抱っこのような形になっている。

「もう！　今は私が抱きついているんですよ。もっと私とお話をしてください！」

そしてそのままフェイは、朝食会場に向かって歩いていった。

フェイの嫉妬深い行動に、マリエールは苦笑しながらあとについていく。

スラちゃん1号は「あらあら。和也様とフェイ様は仲よしですね。マリエールさんと仲よくなるのはまだですか？」といった感じでマリエールのあとに続いた。

「ちょっとー。降ろしてー。一人で歩けるからー」

「ふっふっふ。まさに夫婦団らんといった感じですね。愛する旦那様を横抱きで食堂まで連れていく妻。なんて甲斐甲斐しくて、献身的なのでしょう。もう、これは新婚真っ盛りなラブラブ夫婦間違いなしですね」

「いや、フェイ。普通は夫婦の役割が逆だからね」

バタバタする和也をお姫様抱っこで運ぶフェイ。そして、冷静にツッコミを入れるマリエール。まるで昔から知り合いのように、三人は和気あいあいとしながら食堂に向かい、席に着いた。

和也を抱いたまま食事をはじめようとするフェイを、マリエールが注意する。

「さすがに和也殿は席に座らさないとだめよ。そんな状態ではご飯も食べられないでしょう」

フェイは不服そうな顔をしながらも手を放した。すると、和也はバタバタと身体を動かしてフェイの手から逃れ、自分の席に座る。

フェイは和也に悲しそうな目を向け、マリエールに警告を発する。

「和也様が一人になったからって横取りして食べないでね」

「え？　俺、食べられるの？」

驚く和也に視線をやりつつ、マリエールはフェイにツッコミを入れる。

「食べないわよ！　なにを言っているのよ！　馬鹿なことを言っていないで、早く食事を済ませて魔王城に戻るわよ。隊長から城に伝令を出したと聞いたけど、心配しているでしょうからね。それに、私とフェイがいないのよ。魔王と四天王がいない状態はマズいでしょう」

魔族の長い歴史の中で、城に魔王と四天王がいない状況というのは、先代の魔王や四天王が勇者に討伐されたとき以来である。

基本的に魔王城のすべては、魔王と四天王が決めることになっており、彼女達の不在は魔王城運営のあらゆる物事を停滞させかねない。

マリエールがそうしたことを説明すると、和也は責任を感じ、慌ててご飯を食べはじめた。

その慌てっぷりに困惑し、マリエールとフェイは和也に告げる。

「和也殿。そこまで急がなくても大丈夫だぞ。早く向かうに越したことはないが……」

「文官達は緊急事態には対応できるように普段からしつけ……教育していますから問題ないですよ?」

二人からそう言われても、和也は必死にご飯を食べ続ける。

「命令しないと動けないんでしょ？　だったらお風呂には入れないし、トイレもできないし、ご飯も食べられないじゃん！　急いで行かないと大惨事なるよ！」

「「いやいや」」

和也の極端な勘違いに、二人は頭を抱える。

「さすがにそこまでなにもできないわけじゃないですよ」

「日常生活はできますから安心してください」

「なんだー。よかったよー。ホッとしたら紅茶が飲みたくなったなー。スラちゃん1号。いつものを用意してもらっていい？　あと、デザートも欲しいなー」

安心した和也は安堵の表情を浮かべ、スラちゃん1号にそう伝えるのだった。


食事を終え、紅茶とデザートを楽しんだ彼らは少し休憩していた。

「なんだか安心したら、眠くなってきたよー。お腹もいっぱいだしね」

和也が膨れたお腹をさすってそう言うと、マリエールが応える。

「和也殿。それなら少し休憩してから魔王城に来られればいいんじゃないか。我らは先に戻って、歓待の準備をしておこう。フェイも一緒に戻るんだぞ。すぐに準備を……ってなんでそんなに嫌そうな顔をしているのよ！　あなたは四天王筆頭なのだから私の次に偉いの！　さあ、一緒に帰るわよ。準備なんてしなくてもすぐに出発できるでしょ？」

マリエールがフェイのほうに顔を向けると、フェイは露骨に嫌そうな顔をしていた。

フェイは、眠そうにしている和也を抱きしめ、断固拒否するとの意思を、態度と言葉で表現する。

「やだよ。嫌だからね。和也様と離れるなんて無理！　むしろ、私も一緒に休憩する。添い寝する！」

「ずるいですわ！　それなら、不肖ルクア。私も一緒にさせていただきますわ！　正妻や側室は望みません。なんでも構いませんから、お側に置いてくださいませ！」

どさくさに紛れてフェイの反対側から和也を抱きしめてそう言ったのは、ルクアである。

そのような行動を取る者は、普通であればフェイによって一瞬で灰燼と帰すのだが——フェイは今、少しでも味方が欲しいので、ルクアと頷き合った。

フェイとルクアが和也を抱きしめる腕に力を込める。

「嫌だからね！」

「ですわ！」

「いやいや。フェイがいなかったら政務が回らないでしょうが。今まで代わりを育てていなかったあなたの責任よ。『私の代わりは誰もいない。そう、婚約者ができるまではね』なんて言うからでしょうが」

マリエールの冷静なツッコミに、フェイは子供のように反論する。

「言ってませーん。そんなことを言った記憶はございませーん。それに和也様と巡り合って婚約者になるのだから、もう政務なんてどうでもいいですー。マリーを助けたい気持ちはあるけど、本当のところは出会いを求めるために、丞相をしていたと言っても過言ではありませんー！」

フェイの完全に開き直った態度に、周りで聞いていた魔族達は呆れたような表情を浮かべていた。

「うわー。ぶっちゃけちゃったよ」

「てっきり魔王様を助けるために頑張っておられるのだと……」

「でも、出会いがあっても成果はなかったよな」

「まあ、年頃の異性からはあからさまに警戒されていたし、若者には気づいてすらもらえなかったよなー」

「おい、やめとけって。そんな話が耳に入ったら号泣されるぞ」

「いや、八つ当たり魔法が炸裂（さくれつ）するから、滅多なことを言うな！」

　案の定、フェイの耳にそれらの陰口は届いており——フェイは怒りだす。

「あなた達！　聞こえているわよ！　人のことをなんだと思ってるのよ！　な、なによ。そんな可哀相な目で見ないでよ。泣きたくなるじゃない。和也様と会うために修業をしていただけなのよ！」

　そんな騒々しいやりとりが続く中、女性二人に抱きしめられていた和也は、ほのかに香る優しい匂いと、その柔らかさを感じながら眠りの世界に旅立っていた。

　それに気づいたスラちゃん1号が「皆さん。和也様がお休みになられております。あまり騒がしくされると起きられますよ」と触手を動かして伝える。

　その言葉に、食堂は一瞬で静かになる。

　フェイとルクアに挟まれ心地よさそうに眠っている和也を、受け取ったスラちゃん1号が寝室へ運んでいった。

その姿をぼんやりと見送っていた一同だったが、なにもかも進んでいないことに気づいて、魔王城に戻るための準備をはじめるのだった。

「誰がなんと言おうと、私は戻らないからね！　和也様と一緒に魔王城に向かうから！」

それでも断固拒否の姿勢を続けるフェイ。

マリエールはどうしたものかと眉根を寄せて考えていたが――なにかを思いついたのか、笑みを浮かべてフェイに近づき耳元でささやく。

「フェイ」

「なによ。戻らないわよ」

「その格好のままでいいの？　あなたが密かに勝負ドレスを作っているのは知っているのよ。それを着ないでもいいの？」

「なっ！　なぜそれを……」

突然大声を出したフェイに、周囲の視線が向く。フェイは鬼の形相で睨みつけ、無言で一同を追い払った。

フェイはマリエールだけに聞こえる声で、周りを警戒しながら話しだす。

「……どうしてマリーが、私が勝負ドレスを作ったことを知っているのよ。服屋さんに屋敷まで来てもらって、時間をかけて極秘で作っていたのに！」

「ふっふっふ。魔王に隠し事ができる者が魔王城にいるとは思わないことね。まあ、フェイが怪しい動きをしていたから、あなたの屋敷の前で見張っていたのよ。それで出てきた店主のあとをつけて、暗闇から声をかけたの。私を見たときの店主の顔、フェイにも見せたかったわー」

「そんなの驚くに決まっているでしょうが！　魔王が突然、暗闇の中から現れたのよ。普通なら失神してもおかしくなわよ！　なに!?　マリー暇だったの？」

店主の立場で考えると恐怖に違いなく、フェイは服屋の主人に謝罪へ行こうと決めた。そんなことを考えるフェイに、マリエールから悪魔のささやきが届く。

「どう？　勝負ドレスを着て和也様を迎えようとは思わない？　フェイが財力を注いで作った逸品、さぞかし和也様は驚かれて、そして喜ばれるだろうなー。間違いなくこう言われるでしょう。『うわー。フェイさん、きれいだねー。ちょっと前に会ったときとは別人みたいだ！　どうしよう？今すぐに結婚したくなってきたよ！』と。そんな夢みたいなイベントを――」

「モドル。スグモドル。ワタシジュンビスル。ワタシ、カズヤサマヲムカエル、ハヤクモドル。ナニヲグズグズシテイル」

目を爛々（らんらん）と輝かせて、フェイが答える。

フェイの脳裏には、勝負ドレスを着て艶やかに笑う自分と、その姿を見て歓喜の踊りをする和也、それらを微笑ましく見つめるスラちゃん1号という光景が浮かんでいた。

27. 魔王城の面々は頑張る

「そっちの飾りつけは少なめで頼む。料理を運ぶ際、邪魔になるからな！」

「こっちの花はどうするんだよ？」

「それはもっと派手に盛ってくれ！　和也様が扉を開けた際に最初に目に入る場所だぞ」

「料理の準備は終わっているんだろうな？」

「前菜は大丈夫だ！　メインディッシュを出すまでの時間は稼いでくれるんだろう？　これから作りはじめるんだぞ？」

「そこは任せろ！」

歓迎会の会場となる大広場は、さながら戦場のようであった。

四天王クリンの指示で、魔王城内が可愛らしく飾り立てられていく。もし歴代の勇者が魔王討伐でこの魔王城に来たとしたら、こう言うであろう。

「すみません。場所を間違えました」

それほどまでに、魔王城は可愛らしく飾りつけられていた。

大広場に大きなテーブルが並べられ、各テーブルには可憐な花が飾られている。広間の中央には巨大な花瓶が鎮座し、天井まで覆い尽すほどの花が「豪華絢爛とはこうだ！」と言わんばかりだった。


「みんな、頑張ってるー？　どんな感じかなー」

準備の進み具合の確認にやって来たクリンが、間延びした声で尋ねる。

クリンは花を見て頷き、時空魔法で食材が傷まないように保存されているのを確認して頷き、サンプルで並べられている料理を見て頷いた。

だが、なにか気になるところがあるらしい。クリンはカーテンを触って軽く首を横に振ると、実行責任者を呼びつけた。

「はっ！　クリン様。呼ばれて参上いたしました。なにか不手際でも？」

「ほぼ完ぺきなんだけどー。ちょっとカーテンが暗いかなーと思って」

「それは私も思ったのですが、カーテンを入れ替えようにも在庫がなく……なるべく明るい物を選んだのですが……」

実行責任者である彼も、カーテンが暗い色合いになっているのを気にしていた。

しかし、魔王城に暗い色のカーテンしかないのは当然である。来る者を威圧するのを目的としている魔王の住処に、明るい色のカーテンなど不要なのだ。

しばらくカーテンを眺めていたクリンは、なにか思いついたのか、急に手を叩く。

「じゃあ、とりあえず今のこのカーテンを外して。私の魔法でカーテンを演出しちゃおう！『えーい、いい感じのカーテンになれー』」

クリンは、すぐにカーテンを外させるとそこに向けて超適当に詠唱した。

すると、天井からゆっくり水が流れ、その水は風を受けて揺らぎだした。水の中には魚が泳いでいる。

世界に二つとない、不思議なカーテンができあがった。

水色を主体とした明るい大広間、飾られている華やかな花々、そうした物と相まって水のカーテンが魅力的に揺らめいている。魔族達が感激したように声を上げる。

「素晴らしいですね！　これには和也様も喜ばれるでしょう」

「おおー。まるで天国みたいだ」

「楽園と似ていますな」

魔族達の賛辞を受けて、クリンは得意満面に説明する。

「ふふふ、素晴らしいでしょー。じつはね、禁呪（きんじゅ）に近い魔法を組み合わせているんだよー。まず、水を固定させるでしょー。次に、私の屋敷にある水槽とここをつなぐでしょー。そのほかにもー、透明度を増すために膨大な魔力を注いでいるしー。どれくらいすごいかと言うとー、この魔力を攻撃魔法に転換したら、魔王城の城壁くらいなら一瞬で消し飛ぶかなー」

水のカーテンには、見た目の可憐さからはほど遠い物騒な魔法がいくつも使われていると聞いて、魔族達は完全に引いていた。

クリンはそんなことを気にせず、機嫌よく次々と物騒な魔法を発動させて、カーテンや宙に浮く水球などを作っていく。

「やっぱりー。マリーちゃんとフェイちゃんの婚約者を迎えるのだから、これくらいはしてあげないとねー」

水の四天王である力を存分に発揮し、会場をアクアリウムのようにしていくクリン。

周囲の魔族達はその様子を眺めて呆然としていたが、ふと我に返ると、歓迎会の準備に奔走するのだった。

「やっぱ帰るー。和也様が待ってるのー。泣いているかもしれないじゃない、いや泣いているわ！

じゃあ、そういうことで！」

「『そういうことで！』じゃないわよ！　魔王城まで戻ってきて、今さら帰れるわけないでしょうが！　いや、帰るっていうのおかしい！　フェイが帰る場所は魔王城なのよ！　だいたい私が魔王城から飛びだしたのは、あなたを救うためだったんだからね！　そこは忘れないでよね！　早くこっちに来なさい」

「やだー」

フェイは和也と別れた瞬間から駄々をこねだしていた。それをマリエールが宥めながら引きずり、なんとか魔王城に帰ってきたのである。

そうして魔王城城内に入り、魔族達が準備に慌ただしくしているのを見つつ——マリエールは嫌な予感を覚えていた。

マリエールは変わった内装を見てため息を吐くと、魔族を捕まえて確認する。

「なんだこの状態は？　誰の指示で行われている？」

「これはマリエール様！　しっかりと和也様をお迎えする準備が進められております。クリン様の指揮のもと、最後の飾りつけを大広間で行っている状況であります！」

「この派手さはやはり、クリンか。それで、クリンはどこにいる？」

大広場で指揮を執っていると聞き、マリエールはフェイを引きずりながら向かった。

そして扉を開いた瞬間——目を奪われる。

壁は水に包まれ、そこら中に水球が浮いている。水の中には色鮮やかな魚達が優雅に泳いでおり、まるでアクアリウムのよう。

飾られている花は会場に負けないくらいに鮮やかであり、サンプルとしてすでに並べられている料理は豪華そのものだった。

クリンがマリエールが来たのに気づき、駆け寄ってくる。

「マリーちゃーん。褒めて！　私、頑張ったのー。和也ちゃんが来るって聞いたから頑張ったのよー。もう魔力が枯渇寸前よー」

「なにしているのよ！　あなたの魔力が尽きたら、魔王城の結界が消滅するでしょうが！」

クリンの魔力は、魔王城の防御壁の構築・維持のために使われており、魔力の枯渇は魔王城の危機と言っても過言ではなかった。

無駄に魔力を使ったクリンに激怒するマリエールだったが……。

「早く和也様が来てくれないかなー。フェイは素晴らしいドレス姿でお待ちしておりますわ」

フェイはそんなことなどどうでもいいようで、夢見る乙女の表情でくねくねし続けていた。

フェイはクリンに近寄ると、満面の笑みを浮かべて勢いよく抱きつく。そして、目をキラキラさせて話しかける。

「クリン！」

「なにーフェイちゃん？　どうかしたのー？」

「ありがとうクリン！　こんな素晴らしい結婚式会場を用意してくれるなんて、さすが水の四天王クリン様よね。今までは、ほわほわしてるだけの自称天然の計算子ちゃんで、結界を維持するから胸に無駄に大きな魔力タンクを持っているのかと思っていたわ！」

「そんなふうに思っていたんだー。ひどいよーフェイちゃん。しくしくだよー」

フェイの強烈なこき下ろしに、クリンは泣き真似をする。

それからフェイは、クリンをぐるぐると回しはじめた。

素晴らしい会場を作ってくれたことに感謝を示しているのだろうが――周りにはテーブルや水球が数多くあり、近くにいるマリエールはそれらを壊しはしないかと心配になっていた。

「ねえ、フェイ。感激するのはいいけど、テンション上がりすぎて壊さないでよ？　それと、結婚会場じゃないからね。和也殿を迎えるための歓迎会場だからね！」

クリンを振り回すのをやめるよう、マリエールはフェイにツッコミを入れる。

クリンがマリエールの言葉を聞いて、心の底から驚いた表情になる。そして笑顔を見せると、そっと目をそらして一言。

「マリーちゃんとフェイちゃんの結婚式じゃなかったのー。びっくりだよー」

「「は？」」

マリエールとフェイの動きが止まる。

マリエールは、自分が婚約すると言ったつもりはなかったので困惑していた。フェイはやはりマリエールに裏切られたと思い、ムッとしていた。

クリンは、マリエールとフェイがそれぞれ違う表情を浮かべているのを見て、人差し指を口元に近づけ首をかしげる。

「あれー。伝令の魔族さんからマリーちゃんとフェイちゃんが和也さんと婚約したと報告を受けたのよー。だから、私も張りきって準備したのにー。どうしてくれるのよー。やっちゃったじゃない……」

マリエールはクリンに、フェイはマリエールに詰め寄る。

「なに！　なにを『やっちゃった』の!?」

「やっぱり！　マリーは私のことを裏切っていたのね！」

「ちょっとフェイは黙っていなさい。話がややこしくなるから」

そんな混沌とした状況の中、クリンがどこまで準備が進んでいるか伝えた。

フェイの勝負ドレス、マリエールの魔王の礼服お出かけバージョンが控え室に用意されていること。その場には、クリン専属の着付けと化粧をする精鋭部隊が待っていること。そして、和也を迎えるための横断幕も準備が終わって、掲載していることが伝えられた。

　マリエールとフェイが揃って声を上げる。

「『ちょっと待って！　横断幕ってなに⁉』」

「ちょっと前のグラモの借金帳消しで、和也さんが持ってきたやつを参考にしてみたのー。ほら、『祝！　マリーちゃんとフェイちゃんの婚約者である和也ちゃん！』と書いてあるわよー」

　クリンのよくわからない説明に、フェイトマリエールが反応する。

「私の和也様を気安くちゃん付けで呼ばないでよね！　でも、和也様を称える横断幕は素晴らしいわ」

「なにをしてくれているのよ！　あとフェイはややこしくなるから本当に黙っていなさい！」

　慌てて横断幕を下げるように命じるマリエールだったが――

　クリンの魔力を使って強力に固着させており、生半可な力では取り外せないらしい。マリエールであっても二日はかかるとのことだった。

　しばらく考えたマリエールだったが、悟りきった表情になると爽やかな笑顔で言い放った。

「よし、『永久なる獄炎』で焼き尽くそう」

「ちょっと！　だめよー。それって太古の魔王様と勇者が魔法合戦した際に、無の森が更地になった魔法じゃないー。横断幕どころか魔王城全体が吹き飛ぶわよー」

今にも詠唱をはじめそうなマリエールを、クリンが羽交い締めにして止める。

「なんですって！　近くにいる和也様に危害を加えるような魔法はだめよ！　マリーも婚約者だと書かれている横断幕を燃やすのは同意だけど。『マリーちゃん』の部分だけ消せないの？」

フェイが適当な意見を言うが、クリンがマリエールの耳元でささやく。いつも間延びした口調ではなく、しっかりした物言いで。

「……そんなことを言っているけど、じつは婚約者になりたいんでしょ？　伝令の魔族から聞いたわ。和也ちゃんからもらったティアラを装着してフェイと全力で戦ったと。魔族が相手からプレゼントされた装飾品を着けたまま戦う。その意味を忘れているわけないわよね？」

マリエールが思わず息を呑む。

クリンがこの口調でしゃべっているときは嘘はつけない。長い付き合いの中で、マリエールはそれを知っていた。色々と言い訳を考えていたマリエールだったが、観念したように俯くとため息混じりに小さく頷く。

「確かに和也殿は今まで出会った男性の中で一番素敵な方で、憎からず思う。だが、フェイのことを考えると私は引いたほうが……」

すると、フェイが声を上げる。

「ちょっと！　なにを言ってくれているのよ!?　なに？　私に同情して譲ろうとしていたの。ふざけるんじゃないわよ。それは和也様にも失礼じゃない！」

クリンにだけ聞こえるように小声で話していたはずが、なぜかフェイにも聞こえていたようでマリエールは驚く。

クリンが種明かしをする。

「じゃじゃーん。なんと私がフェイちゃんに通信魔法で中継していましたー」

「なんで、そんなことをしたのよ！」

ちなみに、魔族達は危険な空気を察して大広間から撤退しており、この場にはマリエール、フェイ、クリンの三人しかいない。

マリエールの叫び声が、華やかな会場中に空しく響き渡った。

28．魔王城に入場する和也さん

マリエールがクリンの誘導で本音を出してしまい、それを聞いたフェイが激怒している頃――和也達は魔王城に向かっていた。

「先に戻る」とのマリエールの伝言を、寝起きに聞いた和也。一緒に行けると思っていた彼はがっかりしたが、スラちゃん1号から「豪勢なお迎えの準備をするために帰った」と聞き、逆に楽しみになっていた。

「そっかー。俺を迎えるためなんだねー。美味しいご飯が準備されているのかな？　あっ！　そういえばマリエールさんとフェイさんにプレゼントを先に渡したけど、大丈夫だったかな？　到着したときに渡したほうがよかったとか？　我慢できなくて渡しちゃったけど問題なかったのかな？　そ、それよりも！　二人を婚約者にすることになっちゃうんだけど、スラちゃん1号どうしよう？」

スラちゃん1号は「プレゼントはまだありますから、魔王城に到着された際に改めて渡してしまいましょう。婚約については難しく考えなくてもよいのでは？　お二人とも婚約者になるのを嫌そうにされておりませんでしたよ。フェイさんはむしろ、自分から『お嫁さんにしてください』と言ってましたし。和也様はご婚約するのは嫌でしたか？」と触手を動かして確認してくる。

和也は頬を赤らめると口を尖らせて呟く。

「むー。二人とも可愛いから婚約者になってくれるのは嬉しいけどさー。俺って向こうの世界では彼女すらいたことなかったんだよ。それが急に婚約者と言われても、どうしたらいいのかわからないんだ。スラちゃん1号が、二人に無理に婚約者になるように言ったんじゃないのー？」

恥ずかしそうにする和也を、スラちゃん1号は微笑ましそうに眺める。

それからスラちゃん1号は、二人が婚約者になりたいと言ったのは自分の意思で間違いないと断言した。その証に、和也がプレゼントした装飾品を受け取ったと説明する。

「いいですか、和也様。魔族にとって装飾品をプレゼントされるのは、ものすごく重大な意味があります。それにマリエールさんはティアラを着けたまま戦いましたよね？　あれは『永遠にあなたの側にいます』との意味があるのですよ」と上下に弾んでスラちゃん1号は力説した。

「えー！　そうだったの？　装飾品を着けて戦ったら永遠に側にいるなんて、魔族さんはすごいよねー。ちょっと待って！　俺はマウントさんとかグラモさん、センカとかにもプレゼントあげているよ？　それに副管さんにも！　みんな婚約者になるの？」

「ひひーん」

馬上で繰り広げられる会話に、スレイプニルのホウちゃんが思わずツッコむ。

さすがに同姓や既婚者へのプレゼントで、そこまでの意味はないことは馬でもわかりますよ、そう言わんばかりの嗚き声であった。

和也はホッとした表情になる。

「よかった。まさか皆にプレゼントしたのが、婚約の証だと思われていたならどうしようかと思ったよー。ホウちゃんにもいっぱいプレゼントしているしねー」

私には、もっとたくさんプレゼントをくれていいのですよ、と言いたげに身体を揺すっているホウちゃん。

和也は楽しそうに笑って万能グルーミングでブラシを取りだし、ホウちゃんのたてがみをきれいに整えていった。

ホウちゃんのグルーミングを終え、当然とばかりにスラちゃん1号を万能グルーミングで作りだした手袋でつやつやにしていた和也。

それを羨ましそうに眺めている一同に気づくことのない罪作りな和也だったが、そんな彼にセンカが声をかける。

「和也様。そろそろ魔王城が見えてきました」

「本当だ。お話に夢中になって気づいてなかったよ」

和也が嬉しそうな表情を浮かべて視線を前に向ける。

「ふわー。すごいねー。大きいねー。ものすごく久しぶりに巨大な建造物を見たよー。お城って感じだよねー」

お城を見て当然の感想を言う和也は、目をキラキラさせてホウちゃんの上でテンション高く飛び上がった。

そんな無邪気な様子を、スラちゃん1号、イーちゃん、ネーちゃん、ルクア、センカ、そのほかの魔族や魔物達は微笑ましそうに見ていた。

「さすがの和也様も魔王城の威容には驚かれているようですわね。重厚にして威圧的、暴力的な——暴力的な？　な、なんですの⁉　魔王城の見た目が……」

誇るように胸を張って魔王城の紹介をしようとしたルクアだったが——説明の途中であんぐりと口を開けて硬直してしまった。

何度か目をこすって確認するも、魔王はいつもの重々しい姿ではなく、ピンク色の水玉模様に塗られ、城壁には花がふんだんに飾られていた。

「え……？　本当にどうなっていますの？　こんなの魔王城じゃありませんわ！」

「えーそうなの？　俺は前のお城を知らないけど、こっちのほうがいいなー。可愛いじゃん」

「そうなのですか？　ちょっと魔王城のイメージが……でも和也様が可愛いと言うなら、それでいいかもしれませんわね。徐々に可愛いと思えるようになってきた気が——うん！　可愛いですわね！」

「でしょー。どう見ても可愛いよねー。あれ？　垂れ幕が見えるね。なんて書かれてあるの？『歓迎！　マリーちゃんとフェイちゃんの婚約者である和也ちゃん！』だって？　あわわわ、婚約者って大きく書かれているよ！　そっか、二人とも俺の婚約者になってくれるんだねー。ちょっと恥ずかしいかなー。あんなに大々的に書かれていると照れちゃうよねー」

和也は恥ずかしそうに頬を染めていたが、スラちゃん1号は満足げに頷いて、垂れ幕を眺めていた。

垂れ幕を眺めながら、魔王城に向かっていく和也達一行。

本来の魔王城を知っている者からすれば、あまりにもファンシーな様子になにが起こっているのかわからず混乱したであろうが――初見の和也は「魔王マリエールさんってお茶目だね」くらいにしか感じていなかった。

しかし、本来の魔王城を知っている者――魔族達は、いつもと違う魔王城を見上げ、あんぐりと口を開けていた。

「……どうなっているんだ。なにか知っているか？」

「俺が知るわけないだろう」

「昨日までは普通だったよな？」

「こんな色にして、これからもずっとこのままなのか？」

そこへ、ルクアとセンカが口を挟む。

「私はこの魔王城が本来の姿だと思いますわ！　だって和也様が『可愛い』とおっしゃったんですから！　間違いなく可愛いのですわ！」

「その通りですな。和也様の言葉は至高であります。先ほどの『可愛い』と話されていた姿には後光が差しておりましたからな」

騒然となる魔族達はさておき、和也は無の森の魔物達にとあるお願いをしていた。和也の願いを聞いた一同は、隊列を組み直していく。

整然と動いていく無の森の面々を、ルクアやセンカ達魔族が何事かと眺める。

しばらくして、楽器を持ったイーちゃんやネーちゃん達楽隊が行進をはじめた。

「よーし！　じゃあ、練習の通りに本番も頑張るよー。皆の者、準備はよいかー？」

「きゃう！」

「にゃー！」

「きしゃー」

「土竜一族もやるぞー」

「じゃあ、スラちゃん1号は指揮をお願いね」

和也は、鞄からカスタネットを取りだして叩きはじめる。もともと彼は、笛、バイオリン、シンバル、太鼓、ハープを試したがまったく上達しなかったため、一番簡単なカスタネット係に転向させられていた。

和也の命を受けたスラちゃん1号がホウちゃんの頭の上に乗り、触手を指揮棒のようにしてリズミカルに振る。

それに合わせて、無の森の面々演奏をはじめた。

「な、なんてきれいな音色ですの」

「まさしく神が遣わせた楽師の一団ですな」

「こんな重なり合って美しい音をはじめて聞くぞ」

「なぜかテンションが上がってきたぞ！」

無の森のみんなが奏(かな)でる演奏を聞いて、みんな楽しそうに踊りだす。そして踊っている者達を先頭に、魔王城に向かって進みだした。

魔王城側も突然の音楽に、何事かと城壁に集まりだす。見知った顔の魔族が踊っているのを見て驚いていると、踊る魔族から声がかかった。

「お前達も踊れよ！」

その声に、城壁にいた魔族達は顔を見合わせていたが――最初の一人が踊りだすと、それをきっかけに踊る者が増えていった。

踊りの輪は徐々に広がり、和也達が魔王城の城門前に到着する頃には、魔王城中の多くの魔族が踊っていた。

「みんなー。楽しく踊ろうよ！　俺が無の森の主、和也だよー。こっちにいるのがスラちゃん1号で、ホウちゃんにイーちゃん。ネーちゃんに――」

踊りながら魔王城に入城し、出迎えるために集まった魔族達に、和也が自己紹介をする。それが終わると、和也は楽隊のメンバー一人ひとりを紹介しはじめる。

紹介された者は楽器を鳴らしながらお辞儀をした。それに合わせて、割れんばかりの大喝采が起こる。

そんなふうに挨拶が行われ、それが終わったタイミングを見計らったかのように、フェイがドレス姿で駆け寄ってきた。

「和也様ー」

「フェイさーん。うわぁぁぁ。すごいね、可愛いよー。ちょっと前の服装と違って、可愛さ満点だよー」

「えへへへー。和也様と会うために、今まで大事にしていたドレスなんですよー。ふふふ。嬉しいです。和也様にそんなに褒めてもらえるなんて……ふふふっ。私が今まで稼いできたお給料を半分ほど注ぎ込んだだけはあったわ。この勝負は私の勝ちよ！」

「どうかしたの？　フェイさん。なにか悪い顔をしているよ？」

「へ？　い、嫌ですわ。そんな顔をするわけないじゃないですか！」

和也にドレスを賞賛され、心の中でガッツポーズするフェイ。

フェイのドレスには、魔王領で揃えられる最高級の布が使われており、宝石がこれでもかというくらい散りばめていた。炎をイメージさせる赤色だが、薄い色合いで激しさよりも儚さを演出している。

ドレスに合わせて化粧は薄く、いつもと違う印象になっている。

和也の目が自分に釘づけになっていることに心が満たされていたが——あとから恥ずかしそうにやって来たマリエールを見て、フェイは顔をしかめる。

「よ、ようこそ和也殿。我が居城である魔王城へ。我らは和也殿を含めた無の森の方々を歓迎する。長旅でお疲れであろうが、もう少しお付き合いいただきたい」

「ふわぁぁぁぁ。フェイさんも可愛いけど、マリエールさんは、その、なんというか、ものすごくきれいだね」

「あ、ありがとう。その、なんだ、き、きれいと言ってもらえて光栄だ。それにしても、和也殿の入場の仕方は素晴らしいな。歴代の訪問者、勇者を含めてだが、これほど楽しそうにやって来た者はいなかったぞ」

恥ずかしそうに、マリエールは和也を迎えた。

マリエールのドレスは魔王の礼服だが、肩から胸元まで大きく開き、スカートにはスリットが入っている。

ドレスの色は魔王らしく漆黒で、和也にもらったティアラがよく映えていた。

微笑んで出迎えるマリエールに、和也が顔を赤らめる。

そんな二人のやりとりを見て、面白く思わない者がいた。

言うまでもなくフェイである。嫉妬でキレたフェイは奇声を上げると、マリエールの胸を後ろから揉みしだいた。

「ちょっ！　なにするのよフェイ。やめなさい！　だめだって！　このドレスは胸元が開いているんだから！　はだけちゃうから！　やめてフェイってば！」

「うにゃー！　みゃー！」

「本当にやめなさいってば！　どうしたのよ！」

フェイが暴走する理由がわからないまま、マリエールははだけそうになる胸を必死に押さえるのだった。

29．お姉さんなクリンさんが登場

マリエールとフェイがバタバタとキャットファイトをしている中、どうしたらいいのかわからずにオロオロする和也。

そんな彼のもとに、一人の女性が近づいてきた。

クリンである。

「はじめましてー。四天王の一人であるクリンと申しますー。えー、無の森の盟主の和也ちゃんってこんなに可愛らしい男の子なのー？　ふっふっふ。二人が遊んでいるならチャンスかもねー。えい！」

優雅に挨拶をしながら和也をしばらく眺めていたクリンだったが、いたずらっ子な笑みを浮かべると――急に和也に抱きついてまさぐりはじめた。

驚いたのは、マリエールとフェイである。

「ちょっ！　クリン！」

「なにしているのよ！　和也様に馴れ馴れしいわよ！」

くんずほぐれつのつかみ合いをしていた二人は即座に休戦すると、和也に抱きついてまさぐり続けるクリンを強引に引き剥がす。

フェイは拘束魔法を使って、クリンをがんじがらめにした。

クリンにあちこちを触られまくっていた和也に、おはだけ状態のマリエールがドレスを直しながら近づく。

「す、すまない、和也殿。クリンのいたずら好きにも困ったものだ。その、スラちゃん1号殿も怒らないでほしいのだが……」

スラちゃん1号は「いえいえ。私は怒っておりませんよ。それで、クリンさんも和也様のお嫁さん候補でいいのですか？　これほどお強い方ならふさわしいかと。マリエールさんと互角といってもいい実力者ですよね？」と感心して触手を動かす。

「あ、スラちゃん1号さん。私は既婚者なので、和也ちゃんのお嫁さんにはなれないですー。ごめんなさいですー」

スラちゃん1号の言葉に返事をするクリンに、マリエールとフェイが驚愕の声を上げる。

「え？　クリンはスラちゃん1号殿の言葉がわかるのか？」

「ちょっと！　いつの間に和也様にグルーミングをしてもらったのよ!?　どうしてですか？　和也様！　ズルいじゃないですか！」

そして、和也に若干の非難の視線を向けるフェイ。そんな和也の手には、万能グルーミングで作りだされた手袋が装着されていた。

「あまりの驚きに、とっさに万能グルーミングで手袋を作っちゃったんだよー。それにしてもビックリしたよ。突然抱きついてくるんだもんー。もう！　気をつけてよね。いきなり抱きつかれたら、どう反応したらいいかわからないよー」

「ふふふ。ごめんなさいねー。和也ちゃんがあまりにも可愛かったから、つい息子達の小さな頃を思いだしちゃったのよー」

赤い顔で頬を膨らませて抗議をする和也を、微笑ましそうに眺めるクリン。

そして、なぜか黙ったままのマリエールを見て、クリンはこてんと首をかしげた。

「どうかしたのー？」

「え？　クリンに子供がいることに驚いてるだけよ……子供がいたのね？」

謎に包まれていたクリンのプライベートを知って、マリエールが呆然として呟く。するとクリンはいたずらでもするように、笑みを浮かべて言う。

「子供くらいいるわよー。旦那さんもたくさんいるしね。子供だけじゃなくて孫もいるわよー」

クリンは次々と衝撃の告白をしていった。

「ええ!?　ま、孫ですって!?　どうしよう。まったく部下のことを把握していないわ。フェイは知っていたの？　……？　フェイ。どうかしたの。ちょっと？　え!?　気絶しているじゃない！」

マリエールに尋ねられたフェイは、衝撃情報の過多により思考回路が焼きつき、立ったまま気絶していた。

和也は感心しつつ、クリンを見る。

「ふわー。ものすごく若く見えるのに、お孫さんまでいるんだねー。クリンさんって、いったい何歳なのー？」

　スラちゃん1号は「和也様。女性の年齢を確認するなんて感心しませんよ。それと、私の年齢も聞かないでくださいね」と上下に弾んでクスクス笑う。

　そんなスラちゃん1号の言葉に、和也はそれもそうだと頷いた。

　その隣で、マリエールは気絶しているフェイを必死に看病しており、クリンはケラケラと笑っていた。

　混沌とした展開に、固まったままの魔族達。イーちゃん達はめでたいことが起きたのかと勘違いして、再び演奏をはじめた。

「はははー。なんかわからないけど楽しくなってきたねー」

「ふふふふ。そうですねー。どうですか？　私たちも踊りませんか？」

　気絶するフェイと看病するマリエールを放置して、クリンは和也の手を取って踊りだした。そうして楽しい時間がゆっくりと流れていく。

❖　❖　❖

「嘘だと言ってー……ゆ、夢？　いや、夢じゃないわよね。夢ならどれほどよかったか……まさかクリンが私の夢である結婚、出産、育児、孫の誕生までをすべてクリアしているなんて。はっ！　よく考えたら、クリンは和也様のお嫁さん候補には該当しないのよね？　そして、クリンから旦那が喜ぶポイントを聞けば和也様に喜んでもらえる？　そうよね!?　よし――」

ドレス姿のまま、医務室に運ばれていたフェイが飛び上がるように目覚めると、先ほどの夢だと思った内容を思いだす。

そして、現実の出来事だったと認識すると、そこからの立ち直りは早かった。

さすがは四天王筆頭フェイである。

ポジティブ思考に切り替えて和也への思いを改めて宣言しようとしたフェイに、看病をしていたマリエールがツッコミを入れた。

「『よし』じゃないわよ！　起きたなら準備をはじめなさいよ」

「あれ？　マリー？　なんでいるの？　なにかあったの？」

「『なにかあったの？』でもないわよ！　早くしないと結婚式に間に合わないじゃない。フェイが寝ている間にクリンとスラちゃん1号殿が結婚式をはじめたのよ。私達が遅れるわけにはいかないでしょう」

「えぇー！」

気絶明けに聞かされた衝撃的な内容に、フェイは絶叫した。

30. 唐突にはじまる結婚式

「これより、和也ちゃんとマリーちゃん、フェイちゃんの結婚式を行いますー。まずは、新郎の登場です！　皆さん盛大な拍手をお願いしますねー。ぱちぱちぱちー。さあどうぞー」

歓迎会としてセッティングされた会場だが、急遽、結婚式の式場に変更された。

なぜか意気投合しているスラちゃん１号とクリンが暴走し、花嫁の両人から許可も取らずに突っ走った結果であった。

そして、主役の一人である和也がイーちゃん達に引っ張られてやって来る。

なにも知らずに。

「どうしたのー。なんで俺は服を着替えさせられたの？　こっちは歓迎会場だよね？　『いいから入ってほしい』だって？　わかったよー。そんなに押さなくても入ればいいんでしょうー。ドッキリとかやめてよね。俺は怖いのが大の苦手なんだよー……え？　なにこれ？　人がいっぱいいるけど、歓迎会の感じじゃないよね？　なにがはじまろうとしているのか教えてくれないかな」

いつもの服装に豪華なマント、王冠をかぶっている和也は困惑顔である。

当然ながら、参加者は礼服を着ており、単なる歓迎会ではなく、今からなにか厳(おごそ)かな会が行われそうな雰囲気を和也は感じていた。

「——はい？　結婚式？　誰の？　ううぇぇぇ！　俺なの!?　なにも聞いてないよー。どういうことなの？　スラちゃん1号ちょっとー」

そして、周囲から自分の結婚式であると聞くと、困惑から驚愕の表情へと変わっていく。

真っ赤な顔になってワタワタしている和也に、スラちゃん1号が近づいてくる。

スラちゃん1号は嬉しそうに説明をしてくれた。

「これから和也様は無の森に帰られます。魔王城で結婚式を挙げておかないと、二人に無の森まで来てもらう必要があります。長期間にわたって魔王城は空けられないと、クリンさんから聞きましたので、まずは魔王城で結婚式をしようとなりました。安心してください。無の森にも短期間ですが、遊びに来てもらって結婚披露パーティーをしますから。すでに無の森には準備をするようにと連絡をしております」と触手を動かしながら、和也の結婚を嬉しそうにしているスラちゃん1号。

ちなみに無の森側では、通達を受けたマウントが白目を剥いていた。

「なにがあったんだ。こんな短期間に……」

そうして頭を抱えながら魔王城側の最新情報を集められず手探りで、魔王と四天王筆頭を無の森に受け入れるための設備を準備するのだった。

そんな事態になっているとは知らない和也は、驚愕した表情からなんとか復帰すると、自分に訪れている現状を受け入れようと努力をはじめる。

「そ、そうなのかな？　スラちゃん1号が準備をしてくれているなら安心なのかな？　でも、結婚式はお互いの気持ちを確かめないと。知らないままで結婚式なんてするものじゃないよね。え？『お嫌なのですか？』だって？　俺は二人とも美人さんで素敵な人だとは思っているけどさ……」

和也が赤い顔でもにょもにょと言っているのを聞くと、クリンが楽しそうに答える。

「だったら大丈夫ですよー。フェイちゃんなんて、資産を注ぎ込んで作ったドレスをためらいなく着ているんですよ。和也ちゃんにメロメロなのは誰が見てもわかりますしー。マリーちゃんだって、ティアラをかぶっていたでしょう？　魔族が異性からもらった装飾品を公式の場でかぶって、周囲に見せつけていたのですから問題ないですー。魔王様自身が『いや、これは違うのよ』なんて否定することはありませんー。もしそう言い張るなら、マリーちゃんのことを全力でひっぱたきますー」

うんうんと同意して力強く頷くスラちゃん1号を見て、クリンは着々と魔族達に指示を出していく。

和也も、クリンとスラちゃん1号の言葉を聞いて納得したのか、赤い顔をしながらも受け入れるのだった。

「まさか彼女いない歴と年齢が一緒の俺が、いきなり結婚をするなんてねー。それも、美人さん二人とだよ。ビックリだよねー。これも創造神であるエイネ様のご加護かな？　ありがとうございます、エイネ様！　俺、本当に異世界に来てよかったです」

突然、エイネに感謝の言葉を伝える和也。

もし和也の感謝がエイネに届いたのであれば、彼女はこう叫んでいたであろう。

「いやいや！　そんなつもりで召喚したわけじゃないから！　あなたを召喚したのは、セイデリアで滞っている魔族や魔物の魔力をグルーミングで世界に満遍（まんべん）なく巡らせるためだから！」

しかし残念ながら、この場にはエイネはいなかった。

当たり前だが。

ここにいるのは、真摯（しんし）な表情で祈りを捧げている和也と、それを聞いて感動した面持ちになっている一同だけである。

そんな創造神エイネへの感謝の気持ちが満ち溢れている中――準備が整ったのか、マリエールとフェイがやって来た。

二人の衣装は先ほどと同じドレス姿だが、ヴェールをしており、顔が見えない状態だ。

そして、歩く姿はいつものように堂々とした姿ではなく、緊張のあまり右足と右手が一緒に出ている。

周囲の魔族達はそんな二人の姿を見て、微笑ましそうにする。やっと結婚をしてくれると涙を流す者、いつもの威厳溢れる姿とは違う姿に戸惑う者などもいた。

様々な視線を受けながら、和也にぎこちなく近づいていく二人。

ヴェールをしているのを不思議そうに見ている和也に、クリンがその理由を説明してくれる。

「和也ちゃん。ヴェールをするのは結婚の誓いをするまでの間は、ほかの誰にも素顔を見せないとの意思表示なのよー。ヴェールを上げて素顔を見た人に、私の人生をすべて捧げます。そういった意味があるのー……それにしても、やっぱり初々しさがあるわねー。あんな二人を見ていたら、そろそろ私も今の彼氏と結婚式をしたくなってきたわー」

緊張のあまり、ぎこちない動きになっているマリエールとフェイの姿を見て、クリンは微笑ましそうに小さく呟くのだった。

31.　結婚式は厳かに？

「ちょっとフェイ。緊張しすぎじゃないの？」

「そ、そういうマリーだって、プルプル震えてるじゃない！」

扉の前に立つマリエールとフェイが、緊張をまぎらわせるために話をしている。

すぐに呼ばれると思っていたが、なかなか声がかからない。

それだけに緊張だけが高ぶっているようで、二人にとっては戦闘しているほうが気楽であるように思われた。

「ねえ、この状態で待機ってものすごく緊張するから、もっと話をしましょうよ」

「私もそう思っていたわ。これなら、勇者を待つために玉座に座っているほうが百万倍ましよ。そういえば人間界に勇者が現れたって話、聞かないわね」

ヴェール越しに話をしているマリエールとフェイを見て、センカは涙を浮かべて準備を手伝っていた。

和也と二人との間に子供が誕生するのを妄想し、時折「おお、見事な御子（みこ）ですな。なんと私が名

づけ親になってよいと？　そ、そんな恐れ多い――え、どうしてもですと。それならば……」など
と呟いていた。
センカは今回の結婚を当人達以上に、楽しみにしているようである。
マリエールとフェイが話を続ける。
「そうそう、勇者ね。ひょっとしたら和也殿がそうかと思ったけど――彼は神の使徒だもんね」
「そうね。マウントに人族側の調査を依頼しているけど、その辺の情報は入ってきていないのよね。
当面は勇者のことは考えなくてもよさそう――ル、ルクア？　どうしたの？　顔がすごいことに
なってるけど？」
ルクアは当初、和也のお嫁さんになるのは自分だと思っていた。それにもかかわらず、マリエー
ルとフェイに一気に追い抜かれてしまったのである。
ルクアは二人の花嫁衣装の準備を手伝いながら慟哭しつつも、敬愛する二人のために祝辞を述べ
ていた。
「うゔゔう。おべべぼうぼじゃいばしゅ。りゅくあはおふちゃりのこちょを！　お二人のこと
を心の底からしょんけいしているのです。だきゃら！　だから本当に！　本当におべでどうござい
まずー。うわぁぁぁぁぁ」
最後は突っ伏して号泣するルクア。二人はなんとも言えない表情になりながら、顔を見合わせて

いた。

だが、フェイとマリエールは満面の笑みを浮かべ、ルクアの肩を叩いた。

「ごめんなさいね。ルクアには悪いけど、和也様を譲る気はないの」

「悪いが、私も結婚するチャンスがやっと訪れたのだ。まあそのうち、ルクアにも良い相手が現れると信じているぞ」

さすがは実力至上主義の魔族である。一緒にいたセンカが思わず素に戻って、ドン引きするほどであった。

ルクアは一瞬で泣きやむと、目を真っ赤に腫らして立ち上がり、二人に向かって指を突きつけた。

「激励ありがとございますですわ！　こうなったら第三夫人を目指しますので、ご覚悟くださいませ！　そして、お二人よりも和也様から寵愛を授かってみせますわ。今さら後悔しても遅いんですからね。宣戦布告です。負けませんわ！」

「ええ。受けて立ちましょう。四天王筆頭フェイは、友達であるマゼンダの子供であるルクアであったとしても、手加減するつもりはありませんよ」

「私も四天王の娘だからといって容赦はしないぞ？　魔王の力を思い知るがいい」

涙を拭いて力強く宣言するルクアに、フェイとマリエールは受けて立つと見つめ返す。三つ巴（みどもえ）のバトルがはじまりそうな空気の中――それを中断する声が聞こえる。

「魔王であるマリエール様、四天王筆頭である火の四天王フェイ様。ご入場です！」

文官の声を聞いた二人は先ほどまでの態度が嘘のように、一瞬で硬直してしまった。そして、錆びついたロボットのようにぎこちない動きで扉の前に移動をはじめる。

「さ、さっきまでの勢いはどうしたのよ？」

「そ、それはそっちこそでしょ！」

お互いに肩をぶつけ合い、悪態をつく二人。

扉が開くと無言になって、ゆっくりと一歩を踏みだした。

右手と右足が同時に出ており、誰がどう見ても緊張しているようにしか見えない。

二人は、一歩一歩と新雪を踏みしめるように進んでいく。

永遠とも思える時間を感じていた二人を、素敵なエンディングが迎え入れようとしていた。階段の先に、和也が待っているのである。

この階段を上がれば終わりだと気合いを入れ、ぎこちなさは取れないまま最上段まで昇っていく二人。

だがそこで、マリエールが慣れないドレスの裾を踏んでこけそうになってしまった。

「きゃっ！」

「大丈夫？　マリエールさん」

つまずいたマリエールを助けるように、和也が優しく抱き支える。

その様は、魔王と神の使徒が手に取り合う平和を象徴する一幕であった。列席していた一同の中から、涙を流す者や拝む者まで出はじめる。

そんな仲むつまじい姿を、クリンは微笑ましそうに見ており、ルクアは血涙を流していた。

そしてフェイは、自分もマリエールと同じように抱きしめてもらおうと、ドレスの裾を踏んでいないのに和也に向かってよろめいた。

「きゃあああああ」

「大丈夫——え？　マリエールさん？」

フェイを助けようと和也は手を伸ばそうとしたが——マリエールは悪い笑みを浮かべると和也を強引に抱きしめる。

魔王の力で押さえつけられた和也が動けるはずもなく、手を差しだしてもらえると期待していたフェイはそのままの勢いで床に激突した。

フェイは激怒して立ち上がる。

「マリーぃぃぃぃ！」

「ふははは！　魔王の花婿である和也殿から寵愛を受けようなんて百年早いのよ！」

「許さん！　私が正妻だと言っているでしょうがー。その前に和也様から離れなさいー。むきー」

和也を抱きしめて高笑いをしているマリエールに向けて、床から立ち上がったフェイが魔力を集中させていく。

そして身体強化をかけると、一瞬でマリエールから和也を奪い取った。

「よい度胸ね。魔王から至宝を奪うなんて」

「ふふふ。私の、最高で、最良の、素敵な旦那様である和也様を独り占めなんて許さないんだから！」

お互いに身体強化をかけ、和也にダメージがいかないように細心の注意を払いつつ、花婿争奪戦をはじめるのだった。

32．大団円、そして伝説へ

「ふわぁぁぁぁぁ。楽しいけど、目が回るよー」

マリエールとフェイによって、和也の争奪戦が繰り広げられている。

和也も最初は楽しそうにしていたが、数分も経過するとさすがに目が回ってきた。もはや二人からいいように遊ばれるおもちゃのようだった。

周囲の魔族達は争うマリエールとフェイを見て、いつもの光景だと苦笑する。一方で、無の森の面々はなぜか和也に歓声を送っていた。

クリンがスラちゃん1号に笑いかける。

「まーまーまー。まだ、結婚もしていないというのにお熱いわねー。これはすぐにでも御子の誕生かしらー」

スラちゃん1号は「そうですね。ここまでお二人から愛されているのなら問題なさそうです。ふふふ、私も和也様争奪戦に参加したくなってきました。あのように高速で動かしながらも、和也様に怪我をさせていないとは、二人の技量の高さが窺(うかが)えます。ふっふっふ、血がたぎってきますね」と触手を動かす。

ここでセンカが割って入る。

「ちょっとよろしいですか。このままでは式が進まないのではないですか！　皆さん落ち着かれてはいかがですかな？」

マリエールとフェイは高速移動を止めて、センカを凝視する。

周囲から「なんでお前がまともな発言をするの？」といった視線が集中する中、センカはため息を吐く。

「いいですか。和也様の結婚式なのですぞ。これから至高の存在である和也様が、魔王様と四天王筆頭を娶られ、さらなる高みに赴かれるのです。これほど素晴らしいイベントを邪魔するとは何事ですか！　わきまえなさい！」

やはり、いつものセンカであった。

ひとまず高速移動から解放された和也はフラフラになりながら、マリエールとフェイにもたれかかる。

「もうだめー。吐きそう……うっぷ」

「ちょっ！　まって。今、回復魔法をかけますから！」

「誰か！　誰かバケツを持ってきて！」

青い顔でうずくまった和也に、フェイが回復魔法をかけ、マリエールは近くにいた魔族にバケツを用意するように命じた。

そんな中、スラちゃん1号は和也にゆっくりと近づく。そして触手を動かしてなにやら取りだし、和也に手渡した。

「うう、助けに来てくれたの、スラちゃん1号？　え、これを飲めだって？　今は気持ち悪くて飲み物は……わかったよ、飲むよ。飲んだらいいんでしょ……って美味しい、なにこれ！　スラちゃん1号が作ってくれたの？　気持ち悪いのも目が回っていたのも一瞬で回復したよー。というかすごく調子がいい感じがするー。ありがとうスラちゃん1号！」

薬を飲んだ直後、和也の顔が一瞬で明るくなった。気持ち悪さがなくなったようで、嬉しそうにスラちゃん1号を抱きしめる和也。

マリエールはスラちゃん1号が出した瓶を怪しみ、それを鑑定していた。そしてその結果を見て、驚愕の表情を浮かべる。

「う、嘘でしょ!?」

「どうかしたの？　和也様の具合がよくなったのならそれでいいじゃない。なにか気になる鑑定結果でも出たの？」

仰天するマリエールに、フェイが何事かと問いかける。

「スラちゃん1号殿が用意した瓶を鑑定したら、『エリクサー』と表示されたのよ！　古文書の中でしか見たことがないわ！」

エリクサーの製造方法ははるか昔に失われており、また必要な材料も魔王領からは採れなくなっている。エリクサーは、ダンジョンの深層階でボスモンスターを倒すとごくまれに手に入る伝説級のアイテムのはずだったが……

「……どうかされましたか、スラちゃん1号殿。え？　それなら箱いっぱいにあるですって!?

余っているので欲しかったら差し上げます!?」
そんなアイテムを、スラちゃん1号は大量に所持していると言い、さらには身体から取りだして
マリエールに箱ごと手渡す。
二箱目を重ねられた時点で、マリエールは速攻でフェイに手渡した。
受け取ったフェイが青い顔をして震えはじめる。それほど貴重なアイテムであり、この二箱だけ
で計りしれない価値を持っていた。
そんな二人に、回復した和也が気楽な感じで近寄ってくる。
「どうかしたのー？　あー。さっきのジュースだよねー。いただきますー」
「「え?・」」
そして和也はフェイが持っている箱の中身を確認すると、一本を取りだして美味しそうに飲み干
した。
マリエールとフェイが、和也の行動に硬直していると、視線に気づいた和也は申し訳なさそうな
顔になる。
「ごめんなさい。スラちゃん1号がプレゼントしてくれたジュースなのに、俺が勝手に飲んだらだ
めだよね……スラちゃん1号、俺、プレゼントしたやつを取っちゃったよー。だめだめだねー」
「大丈夫ですよ、和也様。そのジュースでしたらまだまだ在庫がありますから。少し作りすぎてい

ましたので、追加で二箱くらいお渡ししますね。これで許してくださるでしょうから安心してください」と触手を動かすスラちゃん1号。

「「いやいやいや、これ以上はやめて！」」

マリエールとフェイが同時にツッコミを入れている中、大爆笑していたクリンが笑みを浮かべて言う。

「ふふっ。本当に和也ちゃんとスラちゃん1号ちゃんは面白いわねー。結婚式どころじゃなくなってきたわ。でも、このままだったら式が進まないから、私が強引に進めちゃいましょー。『汝ら、永久に、永遠に、悠久に、変わることなく、お互いを認め、慈しみ、不安も幸せも――』幸せも……の続きってなんだったけー？　ははは。忘れちゃったー。まあ、末永く仲よくしてくださーい。では、三人のこれからの幸せを願って――」

しかし、途中で台詞を忘れてしまったらしく笑ってごまかすと――

「かんぱーい！」

近くにあったグラスを手に取って、乾杯の音頭を取った。

「きゃううう」

「みゃー」

「きしゃぁぁぁぁ！」

センカとルクアが声を上げる。

「おお！　和也様に栄光あれー」

「私が第三夫人を目指しますわー」

続いて、フェイとマリエールが怒りを露わにする。

「ちょっと待ちなさいクリン！　一生に一回しかない、大事なイベントを適当に済ますなー」

「和也殿、末永く頼むぞ！　魔王からは逃げられないから覚悟してくださいね！」

様々な思いを乗せて唱和する一同は、飲み物を一気に飲み干した。

そしてみんなで大歓声を上げ、和也達の前途を祝福するのだった。

❖　❖　❖

「なんかはじまったと思ったら、急に終わった感じだったよねー」

和也は、エリクサーを三箱ずつ渡されて石のように硬直するマリエールとフェイを見ながら、エリクサーを美味しそうに飲んでいた。

よっぽど味が気に入ったのか、スラちゃん1号に樽ごと出してもらい、それをジョッキに入れて飲んでいる。

結婚式が成功だったかどうかはさておき、つつがなく終了はした。

式のあとの宴会場と化したこの場で、フェイとマリエールはさっきから固まったままだった。

和也はよいタイミングだと思い、ポシェットから小さな箱の中から指輪を取りだす。

そして、硬直している二人の指にはめた。

「結婚指輪のつもりで作ったんじゃなくて申し訳ないんだけど……今日はこれで勘弁してほしいかなー」

「え？」

「指輪ですか？」

フェイとマリエールが二人同時に再起動する。

「うん！　無の森で採れたキラキラした鉱石をスラちゃん1号に加工できるようにしてもらったんだ。えっと、俺の万能グルーミングで加工してきれいにするでしょ。それからデザインはエイネ様のところで見た世界樹の葉をモチーフにしてみたんだ。結婚指輪にするなら、今持っている中で一番いいかなーと思って。次に会うまでには、無の森で採れる宝石もいっぱいちりばめた指輪を用意するからねー」

本格的な結婚指輪を用意していないことを申し訳なさそうにしながら、和也は説明していった。

嫌な予感を覚えたマリエールが指輪を鑑定してみたが——案の定、神代の物と同じレベルであった。

使われている鉱石は「エイネの欠片（かけら）」と呼ばれる、誰も存在を知らない素材である。

「……なんなのこれ」


【世界樹の葉の指輪】

指輪をはめた者のもとへ瞬間移動が可能。

また、魔力を充填することができ、念話も距離に関係なく発動できる。

念話に関しては拒絶することも可能。


「ってなに？　瞬間移動なんて神の御業（みわざ）でしかないでしょ……しかも念話までできるなんて。水晶を駆使して通信網を構築した私の努力はいったい……」

素晴らしすぎる性能に、うなだれるマリエール。

マリエールの鑑定結果を聞いていたフェイは喜色満面となり、和也にしなだれかかりながらその耳元にささやく。

「和也様。これから毎日ずっと念話をしますね。あと二日に一回は瞬間移動で会いに行きます」

「ずっと念話は長いかなー。いつでもお話ができて、すぐに会えるのはいいことだけどねー」

　スラちゃん1号が、和也の袖を引っ張る。なにかを促しているらしいが、スラちゃん1号の意図がわからず和也は首をかしげる。続けてスラちゃん1号に紙を渡され、和也はそこに書かれていた目録を確認すると大きく頷いた。

「そうだった！　結納(ゆいのう)を渡す必要があるよね。細かいフォローをありがとう、さすがはスラちゃん1号だよ。いでよ！　万能グルーミング！　うりうりー。いつものようにつやつやにしてやんよー。マリエールさんとフェイさんにあげた指輪だけど、スラちゃん1号にも渡しておくね。いつも一緒だけど特別ってことで」

　スラちゃん1号は「ふふ、ありがとうございます、和也様。大事にしますね。それよりも早く結納品をお渡ししないと。本来、結納品はご両親に渡すものですが、今回は急ぎですのでお二人に渡しておきましょう。目録は和也様が渡してください。その間に、私達は荷物を運んでおきますので……」と和也を促す。

　そしてスラちゃん1号は、食事をしていたイーちゃん、ネーちゃん、ちびスラちゃん達に荷物を会場に運ぶように伝えた。

　さっそく荷物が運ばれてくる。

指輪をもらって浮かれていたマリエールとフェイだったが、積み上がっていく荷物を見て青い顔になっていく。

山のように積まれた荷物を見て、ツッコミを入れられる者はいなかった。

天然キャラでいつも自由奔放にしているクリンでさえ、結納品の中身を知って思わず素の顔になっている。

「なにこれ？　コイカの布？　え？　こっちはミスリルにオリハルコン？」

驚愕するクリンに、なぜかマリエールとフェイが意気投合して、和也からの結納品の説明をはじめる。

「ふっ！　甘いわねクリン。それだけだと思わないことね！　目録には装飾品が山のように書かれていたわよ。『無邪気なプレゼント攻撃を受けた被害者の会』に入って悟りを開きましょう」

「ああ、そうだ。諦めが肝心だぞ。すでに征竜大将軍のヒーノ、マウント、アマンダも入会済みだ。ほら、伝説の鳥と呼ばれるヒアルの丸焼きが出てきたぞ！　あの燻製もすべてが伝説級だ」

武器や防具には、伝説の鉱石がふんだんに使われている。食品には、氷属性のちびスラちゃんである冷ちゃんがそれぞれに入っており、食材が傷まないようにとの配慮も万全だった。

和也はニコニコして言う。

「みんな喜んでくれているみたいだねー。結納品として問題はなかったみたい！」

スラちゃん1号は「ええ、そうですね。ただ、和也様がお渡しする結納品としては量が少ないと思われますので、次回の訪問もしくは無の森に来てもらったときには、もっとたくさん用意しておきましょう。そうでした！　和也様はあとで荷物を運んできた者達にグルーミングをしてくださいね。みんな頑張ったのですから」と伝える。

「当然だよ！　これが終わったら、みんなにグルーミングだからねー」

和也のその言葉に、ドッと大歓声が起こった。

その輪の中になぜか魔王城の一同も入っていたが——和也は鷹揚に頷き、大歓声に応える。

「ふはははー。皆の者ー。我が和也であるぞー。これからも仲よくしてほしいなー。まずはお近づきのグルーミング大会からはじめるよー」

和也の宣言に、これまでで一番の大歓声が起こった。それは魔王城どころか、異世界全土を揺るがすほどの歓声だった。

こうして和也は、異世界のみんなが幸せになるように、心を込めてグルーミングし続けるのだった。

幼い頃、盗賊団に両親を攫われて以来、一人で生きてきた少年、ローグ。ある日彼は、森で自称神様という不思議な男の子を助ける。半信半疑のローグだったが、お礼に授かった能力が優れ物。なんと相手のスキルを見るだけで、自分のものに(しかも、最大レベルで)出来てしまうのだ。そんな規格外の力を頼りに、ローグは行方不明の両親捜しの旅に出る。当然、平穏無事といくはずもなく……彼の力に注目した世間から、数々の依頼が舞い込んできて——!?

◆定価:本体1200円+税
◆ISBN 978-4-434-27157-1
◆Illustration:天之有

落ちこぼれ ぼっちテイマーは諦めません

AUTHOR たゆ

従魔と一緒なら ぼっちでも強くなれる！

弱虫テイマーの従魔育成ファンタジー！

冒険者の少年、ルフトは役立たずの“テイマー”。パーティに入れてもらえず、ひとりぼっちで依頼をこなしていたある日、やたら物知りな妖精のおじいさんが彼の従魔になる。それを皮切りに、花の妖精や巨大もふもふ犬(?)、色とりどりのスライムと従魔が増え、ルフトの周りはどんどん賑やかになっていく。魔物に好かれまくる状況をすんなり受け入れる彼だったが、そこにはとんでもない秘密が隠されていた——？　ぼっちのテイマーが魔物を手なずけて、謎に満ちた大樹海をまったり冒険する!

◉定価：本体1200円+税　◉Illustration：スズキ

◉ISBN 978-4-434-27265-3

この作品に対する皆様のご意見・ご感想をお待ちしております。
おハガキ・お手紙は以下の宛先にお送りください。

【宛先】
〒150-6008 東京都渋谷区恵比寿4-20-3 恵比寿ガーデンプレイスタワー 8F
（株）アルファポリス　書籍感想係

メールフォームでのご意見・ご感想は右のＱＲコードから、
あるいは以下のワードで検索をかけてください。

アルファポリス　書籍の感想

ご感想はこちらから

本書はWebサイト「アルファポリス」（https://www.alphapolis.co.jp/）に投稿されたものを、改題、改稿、加筆のうえ、書籍化したものです。

魔物をお手入れしたら懐かれました３

もふプニ大好き異世界スローライフ

羽智遊紀（うちゆうき）

2020年 3月31日初版発行

編集－芦田尚・宮坂剛
編集長－太田鉄平
発行者－梶本雄介
発行所－株式会社アルファポリス
〒150-6008 東京都渋谷区恵比寿4-20-3 恵比寿ガーデンプレイスタワー8F
TEL 03-6277-1601（営業） 03-6277-1602（編集）
URL https://www.alphapolis.co.jp/
発売元－株式会社星雲社（共同出版社・流通責任出版社）
〒112-0005東京都文京区水道1-3-30
TEL 03-3868-3275
装丁・本文イラスト－なたーしゃ
装丁デザイン－AFTERGLOW
印刷－図書印刷株式会社

価格はカバーに表示されてあります。
落丁乱丁の場合はアルファポリスまでご連絡ください。
送料は小社負担でお取り替えします。

ISBN978-4-434-27245-5 C0093